悅讀

幽夢影十分鐘

◈ 曾家麒　著

幽夢影像一杯美味的淡茶

滋潤了青少年學子的心靈

五南圖書出版公司 印行

作者簡介

學歷：國立臺灣師範大學國文教學碩士

任職：中壢高商國文科教師

經歷：

1.《網路古典詩詞雅集》版主（九十五～一〇二）

2.穆然書會常務監事（九十九～一〇二）

3.桃園縣書法教育學會文書（一〇一～一〇二）

4.太極拳國家級教練

得獎紀錄：

1.教育部文藝創作獎古典詩詞首獎（九十三）

2.全國優秀青年詩人獎（九十三）

3.第一屆國文老師文藝創作獎散文類最佳創作獎（九十四）

4.童話作品〈一個泡沫的故事〉同時入選九歌出版《九十四年度童話選》、小魯出版《2005年臺灣兒童文學精華集》

5.桃園縣九十四年「一書一桃園」閱讀心得徵選大專社會組佳作（九十四）

6. 教育部創造力教育案例故事徵文評審獎及網路票選佳作（九十五）
7. 第三屆蘭陽文學獎民間故事組第一名（九十八）
8. 桃園縣語文競賽中學教師寫字組第一名（九十三）
9. 第四屆桃園縣全國春聯書法比賽佳作（九十五）
10. 應邀參加韓國書畫協會第七回韓國書畫展（一〇〇）
11. 第四屆書聖盃書法比賽大專社會組第三名（一〇二）
12. 全國語文競賽朗讀中學教師組朗讀第四名（八十六）
13. 桃園縣中壢市語文競賽朗讀組評審（九十六）
14. 桃園縣復興鄉語文競賽朗讀組評審（一〇〇）
15. 桃園縣大溪鎮語文競賽寫字組評審（九十八、一〇一）
16. 板橋市創意語文大競賽活動單項說唱才藝擂台賽——唐詩新唱組評審（九十八）
17. 第四屆舊愛新歡全國高中職暨大專盃詩詞歌唱比賽大專組評審（九十八）
18. 參加並指導兒子曾子烋參加桃園縣教育創意競賽「創藝101」口說藝術競賽獲得社會組佳作及最佳創意獎（一〇一）
19. 參加並指導女兒曾渟雲、兒子曾子烋參加桃園縣兒童文學獎，分別獲得少年小說組佳作、國小中年級組佳作、國小低年級組第二名（一〇一）

作者序

領會《幽夢影》中平淡的「真」與「美」

「曾經在幽幽暗暗反反覆覆中追問，才知道平平淡淡從從容容才是真，再回首恍然如夢，再回首我心依舊，只有那無盡的長路伴著我。」這是作詞家陳樂融、作曲家盧冠廷先生在二十多年前的作品，也是筆者相當喜愛的一首歌曲。歌詞中的「幽」字、「夢」字恰與《幽夢影》的書名相合，而「平平淡淡」二字，更可以點出《幽夢影》的特色。

《幽夢影》的作者張潮，字山來，號心齋，別署心齋居士。「心齋」一詞出自《莊子》：「唯道集虛。虛者，心齋也。」「齋」原指祭祀時不飲酒吃肉的禁忌，莊子則進一步將之引申為修道時不涉入成見的境界。不飲酒吃肉，口中自然淡；不涉入

成見，心中也自然淡。

「平淡」不是無味，而是刊落一切繁華後所得到的真味，一如那蘊著淡淡蜜香果味的東方美人茶，容不得一絲一毫刻意添加的人工香料與糖分。從讀書到才華、從修養到天理，從交友到處世、從藝術到審美，《幽夢影》一書表現出古代文人獨特的幽雅情懷。它與《論語》同屬語錄體，看似平淡簡單的話語，總能令人再三回味。對於忙到忘記停下腳步的現代人而言，這樣一本書就是一杯足以供人暫歇止渴的美味淡茶。

過去的社會有一種「奉茶」的文化習俗。一些善心人士會在路邊準備一些茶水，供過路的人飲用，講究一點的，更會搭個避雨遮陽用的小竹棚，稱為「茶亭」。奉茶的文化顯現出來的是體貼他人的善念，簡單而純粹。

行路匆匆，但是該休息的時候就該休息。莊子說：「與物相刃相靡，其行盡如馳，而莫之能止，不亦悲乎！」這句話的意思是，終日在競逐中生活，總是趕啊趕的，一直到生命的盡頭，卻不懂得暫時停下腳步，如此不是很可悲嗎？

「你累了嗎？」人們需要的，或許不是提神飲料，而是真正的休息。許多人不知道怎樣才算真正的休息。電玩、電腦、電視……前人以「電掣風馳」形容快速，以「電光石火」比喻匆促，冠著個「電」字的事物，究竟能帶給人們多少閒適之感呢？

筆者向潘麗珠老師學習詩詞，向盧長貴老師學習武術，向張穆希老師學習書法。在幾位老師的帶領下，得以接觸這些被視為「傳統」的領域，深覺在這些領域中，心靈的提昇更重於技巧的精熟，而心靈的提昇終須走向「美」的境界。在浩瀚書海中，《幽夢影》書中的語句恰足以傳達出這樣的理念。

本書在篇目的順序安排上為**讀書**、**才華**、**交友**、**處世**、**修養**、**天理**、**藝術**、**審美**，理由是因為筆者認為讀書而後可以發揮個人才華，由交友而後可以領略處世哲學，由修養而後可以體會天理人情，由藝術而後可以到審美境界。篇目以「談」字冠首，以應「悅讀」二字的輕鬆感受。

本書的行文取材上，筆者著重在「趣味」二字。「趣味」不等於搞笑。「趣」字是「走」、「取」這兩個字的結合，若能使讀者在閱讀的過程中（走）得到（取）一些會心的感受（味），甚或能夠使讀者回想起書中的一字一句，就是所謂的「趣味」，也就是筆者編寫本書的目標所在。

目錄

主題和導讀目次

談讀書

談才華

■談交友

■ 談處世

■談天理

■談藝術

談審美

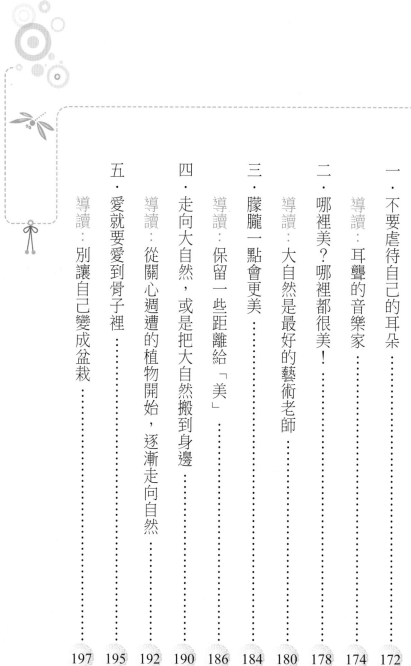

談讀書（一）

用書本填滿生命的空白處

原文

㈠讀經宜冬，其神專也；讀史宜夏，其時久也；讀諸子宜秋，其致別也；讀諸集宜春，其機暢也。

㈡古人以冬為三餘❶，予謂當以夏為三餘：晨起者夜之餘，夜坐者晝之餘，午睡者應酧❷人事之餘。古人詩曰：「我愛夏日長❸。」洵不誣也。

注釋

❶三餘：三國時的董遇曾指出，有三個空閒的時間適合用來讀書：冬、夜、陰雨。

❷應酧：指人事間的往來。酧，音ㄔㄡˊ。「酬」的俗字。

❸我愛夏日長：典出唐文宗的〈消夏〉。原詩為：「人皆苦炎熱，我愛夏日長。熏風自南來，殿閣生微涼。」意思是，大

㈢多情者不以生死易心，好飲者不以寒暑改量，喜讀書者不以忙閒作輟。

㈣昔人欲以十年讀書，十年遊山，十年檢藏④。予謂檢藏儘可不必十年，只二三載足矣。若讀書與遊山，雖或相倍蓰⑤，恐亦不足以償所願也。必也如黃九煙前輩之所云：「人生必三百歲而後可乎！」

㈤嚴君平⑥以卜講學者也，孫思邈⑦以醫講學者也，諸葛武侯⑧以出師⑨講學者也。

家都認為炎熱的天氣很痛苦，我卻很喜歡夏天。帶著草香的微風從南方吹過來，為宮殿帶來陣陣的涼意。

④檢藏：整理書籍。

⑤倍蓰：表示多倍。蓰，五倍。

⑥嚴君平：嚴遵，字君平，漢朝人。平常在成都算命，賺到一百錢就關門講解《老子》。

⑦孫思邈：唐代名醫，精通百家，尤以老、莊見長。

⑧諸葛武侯：諸葛亮，字孔明，三國政治及軍事家，死後被封為武鄉侯。有前後〈出師表〉等文章傳世。

⑨出師：出兵打仗。

年輕時的愛迪生到圖書館看書時，總是從書架上的第一本書開始，按順序往下看。我們可以說他很用功，卻不能說他懂得用功的方式。如果現代人想學習他的用功方式，可能會發現，這世界印書的速度，比任何一個人讀書的速度都要快。事實上，每本書都有不同的特性，有的書適合在零碎的時間裡欣賞瀏覽，有的書則適合在完整的時間裡研究精讀。幸好愛迪生後來就調整了自己讀書的方式，否則他可能得花一輩子和圖書館裡的書奮戰。

關於讀書，《論語》中有「學而『時』習之」這麼一句名言。這裡的「時」字，通常被解釋為「時常」的「時」字，但是如果解釋為「因時制宜」的「時」字，似乎也可以給這句話開發出新的意義。學習的「時」，可以是「時機」，也可以是「時間」。掌握時機，與安排時間，這些都是讀書學習應該注意的。

在掌握時機方面。三國時的大學者董遇曾提出「三餘」的論點：「冬者歲之餘，夜者日之餘，陰雨者時之餘也。」對古人而言，冬天、夜晚、雨天等，都不適合工作或出遊，自然要把握時機，好好地讀書。

讀書不只要掌握時機，也要安排時間。在適當的時間裡讀適合的書，可以收到事半功倍的效果。

古人將書本分為「經、史、子、集」四大類。「經」是「經典」，被視為最重要的必讀書籍；「史」指「史學」；「子」指「哲學」；「集」指「文學」。前人認為，經典適合在精神專一的情況下讀，歷史適合在時間充裕的情況下讀，哲學適合在思慮清明的情況下讀，文學則適合在景物怡人的情況下讀。雖然古人的分類不完全適用於多元的現代，前人對這幾類書籍的看法，卻值得我們參考。

美國作家亨利．梭羅在他的著作《湖濱散記》裡說，他曾經在桌上放著一篇荷馬的史詩名篇〈伊里亞德〉，儘管他「只能間或地翻閱那詩篇」。他也曾經在工作間歇的時候，「讀一兩本關於淺近的旅遊書籍」。在休閒的時候，讀休閒的書，他確實是個懂得利用時間讀書的人。

延伸思考

一．歐陽脩曾說過，他常在三個時間構思文章：「枕上、馬上、廁上。」從另一個角度來思考，在這三個時間也可以用來讀書。請想想看，對你而言，在這三個時間適合讀什麼書？

二．要妥善的利用時間，最好是能夠事先規劃自己的讀書內容。請試著分配自己每天的時間，擬好讀書計畫。

引導作文

西方有句諺語：「時間就是生命。」如果我們想的是如何打發自己的時間，那就等於我們在想著如何浪費自己的生命。試以「空閒的時候」為題，描寫自己在閒暇的時候會做什麼事？做這些事對自己有什麼意義？並進一步論述如何讓這些閒暇時候變得更有意義？

談讀書

二 最沒有風險的投資

原文

(一)凡事不宜刻❶，若讀書則不可不刻；凡事不宜貪，若買書則不可不貪；凡事不宜癡❷，若行善則不可不癡。

(二)抄寫之筆墨，不必過求其佳，若施之縑素❸，則不可不求其佳；誦讀之書籍，不必過求其備❹，若以供稽考❺，則不可不求其備；遊歷之山水，不必過求其妙，若因之卜居❻，則不可不求其妙。

注釋

❶刻：苛刻。指過分苛求。

❷癡：癡迷。也作「痴」。

❸施之縑素：指寫成書法作品。縑素，泛指書寫用的絹布紙張等。縑，音ㄐㄧㄢ。

❹備：完備、齊全。

❺稽考：研究考證。

❻卜居：選擇住處。

㈢雖不善書，而筆硯不可不精；雖不業醫，而驗方⑦不可不存；雖不工弈⑧，而秋枰⑨不可不備。

㈣藏書不難，能看為難；看書不難，能讀為難；讀書不難，能用為難；能用不難，能記為難。

㈤創新庵不若修古廟，讀生書不如溫舊業。

㈥涉獵雖曰無用，猶勝於不通古今；清高固然可嘉⑩，莫流於不識時務⑪。

㈦先讀經，後讀史，則論事不謬⑫於聖賢；既讀史，復讀經，則觀書不徒為章句⑬。

㈧少年讀書，如隙中窺月；中年讀書，如庭中望月；老年讀書，如臺上玩月。皆以閱歷之淺深，為所得之淺深耳。

⑦驗方：指確實有效果的藥方。

⑧弈：下棋。

⑨秋枰：指棋盤。秋，通「楸」，一種經常用來作成棋盤的木材。枰，音ㄆㄧㄥˊ。棋盤。

⑩嘉：稱讚。

⑪不識時務：不懂得變通以求顯達。

⑫謬：違反、違背。

⑬章句：對古籍分析字義、標點、章法等。

錢的重要性毋須格外強調，然而，對古人而言，花錢也好，賺錢也罷，都是極其俗氣的事。魏晉時代的王衍因為不願沾染錢的俗氣，甚至連「錢」這個字也不想提及，而用「阿堵物」來代替「錢」這個字。

在諸多花錢的理由中，「買書」非但一點也不俗氣，甚至是一件「雅事」。歷史上，多數的大學者、大文豪，家中無不藏有豐富的圖書。藏書的來源除了先人的遺產、個人的抄寫、他人的餽贈等，剩下的自然是購買而來的。買書這回事造就了無數優秀的學者、優良的作品，大大提升了文化的水準，任誰都不得不承認，買書確實是一件雅事。

現代知名漫畫家蕭言中曾經說過：「再忙也要買書、看書，因為

當一把大火燒毀一棟房子，所有的財富可能瞬間不見，唯有知識還在。」知識是獲得成功的最大力量，而讀書則是得到這種力量的最快方法。把錢投資在自己的身上，提升自己的能力，那麼誰都搶不走投資的成果，絕不會有虧損的可能。由此看來，買書絕對是風險最低、投資報酬率最高的投資。

買書還是一種傳承。現代歷史學家繆鉞曾說自己「家中藏書頗多」，所以「從小的時候起就養成閱讀古書的興趣與能力」。大學者胡適的母親為了讓兒子有所成就，甚至借了一大筆錢，買了一套《古今圖書集成》給兒子。子女的興趣不一定與父母相同，但是父母所營造的環境對子女卻有極大的影響。就這一點來說，除了書籍以外，家中似乎也應該放一些書法、繪畫、雕塑之類的藝術品，以增加子女對美學的感受力。

買書更是一種推廣，買下一本好書，就是對文化事業的一種鼓勵。一本書花費無幾，卻能讓有心者創作及出版更多好書。臺灣文學作家鍾理和曾經寫信對另一位作家鍾肇政說：「究竟我們的寫作目的何在？難道我們必須永遠做沒有報酬的工作嗎？當這種灰色的懷疑在噬齧著心葉時，我有什麼辦法再教自己坐下來寫作呢？」鍾理和抱著對文學的熱情，在現實與理想中掙扎著。他咬緊牙根持續寫作，最後還是在貧病交加中咯血病逝。他的病逝讓人不禁感嘆，若是他得到更多的贊助，應該可以留下更多感動人心的好作品吧？

除了「食」「衣」「住」「行」等生活基本需求的花費外，買書是最最有價值的開銷。它兼具了「育」與「樂」兩大功能，無怪乎《幽夢影》的作者張潮要說：「凡事不宜貪，買書則不可不貪。」

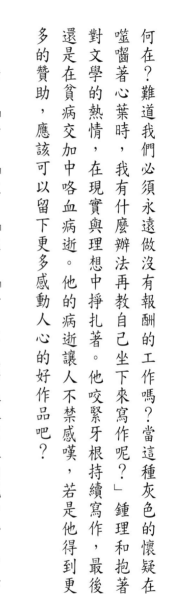

延伸思考

一．張潮說：「凡事不宜刻，若讀書則不可不刻。」對人也好，對事也好，如果過分苛求完美，無論是對自己或他人都將造成極大的壓力。但是為什麼讀書要苛刻地從書本中發現問題呢？那會有什麼好處？

二．無論是學習什麼事，只要有心學好某件事，就要有充分的準備。學習書法要準備筆硯，學習運動要準備器材。請想想看，好的器具對於學習有什麼樣的好處？

引導作文

所謂的投資，就是先求付出，以換取更大的報酬。例如商品投資，就是在商品價格較低時買進，在它價格提高時賣出，從中獲利。除了金錢的投資以外，人生還有許多不同的投資，例如：知識、情感、道德、健康等。

試以「投資自己」為題，舉例說明在生命中，除了金錢之外，還有哪些正面積極的事物是值得投資的；並進一步說明，在投資這些事物上，應該採取哪些正確的態度或方法？

談讀書(二) 當文字勾動情緒

原文

(一)《水滸傳》[1]是一部怒書，《西遊記》[2]是一部悟書，《金瓶梅》[3]是一部哀書。

(二)著得一部新書，便是千秋大業；注得一部古書，允[4]為萬世宏功。

(三)惠施多方[5]，其書五車[6]，虞卿以窮愁著書，今皆不傳，不知書中果作何語？我不見古人，安得不恨！

注釋

❶水滸傳：元明時的白話章回小說，作者為施耐庵。內容敘述宋江等一百零八人的故事。他們因為各種原因而被迫造反，聚集在梁山泊上對抗朝廷，最後接受招安，被派往各處征伐而犧牲慘重。

❷西遊記：明代的白話章回小說，作者為吳承恩。內容敘述唐

㈣讀書最樂，若讀史書則喜少怒多。究之，怒處亦樂處也。

㈤不獨誦其詩讀其書，是尚友古人❼；即觀其字畫，亦是尚友古人處。

三藏帶著徒弟到西天取經的故事。一行人在路上遇到各種妖魔鬼怪，歷經各種困難艱苦，終於成功取回了經書。

❸金瓶梅：明代的白話章回小說，作者為笑笑生。內容敘述西門慶等人因為淫亂而不得善終的故事。女主角有潘金蓮、李瓶兒、龐春梅等三人，書名乃是從其中各取一個字。

❹允：果真、確實。

❺多方：學識廣博。

❻其書五車：指著作極多。

❼尚友古人：上與古人結交為友。尚，通「上」。

西元二〇一二年七月，美國的一家電影院正在上演《蝙蝠俠》一片時，突然闖入一位打扮成劇中反派角色的人，持槍向觀眾掃射，造成嚴重的死傷。這次事件使人們開始熱烈討論戲劇對觀眾的影響。

提到戲劇的影響性，就不能不提一提明代的知名戲劇——《牡丹亭》。這是一部歌頌愛情的戲劇。相傳這部戲上演時，杭州一位女藝人商小伶因扮演杜麗娘，想起了自己的身世，傷心地倒在臺上，戲未落幕，她的生命已先一步結束。婁江有一位女子俞二娘讀了《牡丹亭》，哀傷過度而死，湯顯祖因而寫了一首詩悼念她。除了她們以外，受到《牡丹亭》影響而追求愛情自由的女子更是不計其數。據說有位女子讀了《牡丹亭》，以為作者一定是位瀟灑風流的才子，於是遠道上門求見，結果發現湯顯祖居然是個老頭兒，不禁大失所望。

戲劇也好，小說也罷，甚至是詩詞歌曲繪畫等，它們蘊含的影響力都是不容小覷的。

在文學的歷史上，《水滸傳》、《西遊記》、《金瓶梅》就因為它們的巨大影響力而屢遭批評，有些人認為《水滸傳》鼓動造反，《西遊記》倡導迷信，《金瓶梅》宣揚色情。

在《水滸傳》中，黑暗的政治現實逼得書中眾多主角起而反抗。由於他們所要反抗的力量太過強大，所以落草為寇是他們不得不的選擇。他們快意恩仇，視殺人如斬草，前人形容這本書「誨盜」，意思是說這本書教人應該要去做強盜。

「誨盜」的說法並不周全，因為《水滸傳》裡大多數主角的下場都很慘烈。書中官逼民反的情節每每讓人為之氣結，讀者在閱讀的過程中產生了貪官污吏的厭憎之情。一旦社會普遍上都厭惡貪官污吏，他們自然沒有容身之地，這恐怕才是《水滸傳》作者施耐庵真正的創作動機。

因為《水滸傳》而崇拜暴力，因為《西遊記》而迷信鬼神，因為《金瓶梅》而耽溺肉慾，這都是讀者沒能掌握書中主旨的緣故。回過頭來談《牡丹亭》那齣戲，編劇湯顯祖難道是希望觀眾陷於自怨自艾的悲傷情緒嗎？當然不是！他希望的是能夠讓觀眾勇於追求自己心中的愛情。

儘管傳播媒體不同，但是現代愛看戲的人不少，受戲劇影響的人也是不少。有人因為看了暴力色情的戲劇而導致人格扭曲，有人因為太過入戲而做出攻擊戲中反派角色，或過度迷戀劇中角色的非理性行為，那都不是真正懂得看戲的人。看戲就像是玩雲霄飛車，過程中再刺激，也還是要回歸平靜，絕不能因此認為在現實生活中狂飆也可以安然無事。從戲劇中或小說中發掘出正面的價值，這才是真正懂得觀賞或閱讀的人。

延伸思考

一．有人喜歡看喜劇，有人喜歡看悲劇，有人喜歡武俠故事，有人喜歡神怪傳奇。你喜歡哪一類戲劇或小說？其中哪一本小說或哪一齣戲是你最喜歡的？請想想看它想要傳達什麼樣的思想或觀念？

二．張潮因為讀了《水滸傳》而想到「人生必有一椿極快意事，方不枉在生一場」，進而興起著書的動力。你最近讀了哪些書？請從中任擇一本，想想看那本書帶給你什麼正面影響。

引導作文

俗語說：「演戲的是瘋子，看戲的是傻子。」看戲時的情緒被戲劇的角色牽引，所以像是沒有主見的「傻子」。演戲時要全心投入，不能摻入自己的個性，才能演好劇中的角色，所以像是失去自我的「瘋子」。

試以「演好自己的角色」為題。說明自己在家庭或社會上扮演的是什麼樣的角色，並進一步說出自己必須做出什麼樣的付出，才能演好這個角色。

把話說清楚，把字寫明白

原文

(一)平、上、去、入❶，乃一定之至理。然入聲之為字也少，不得謂凡字皆有四聲也。世之調平仄者，於入聲之無其字者，往往以不相合之音隸❷於其下，為所隸者，苟無平上去之三聲，則是以寡婦❸配鰥夫❹，猶之可也。若所隸之字，自有其平上去之三聲，而欲強以從我，則是干❺有夫之婦矣，其可乎？姑就詩韻言之：如東冬韻無入聲者也，今人盡調之以東、董、凍、督。夫督

注釋

❶平上去入：古音聲調名。以下所論，皆為聲韻學的知識。

❷隸：歸屬。

❸寡婦：死了丈夫的婦人。

❹鰥夫：死了妻子的男人。鰥，音ㄍㄨㄢ。

❺干：冒犯、觸犯。

❻聽：聽任。

❼陳平：西漢開國功臣，被封為

之為音，當附於都、睹、妒之下。若屬之於東、董、凍，又何以處夫都、睹、妒？若東、都二字，俱以督為入聲，則是一婦而兩夫矣。三江無入聲者也，今人盡調之以江、講、絳、覺。殊不知覺之為音，當附於交、絞之下者也。諸如此類，不勝其舉。然則如之何而後可？曰：鰥者聽其鰥⑥，寡者聽其寡，夫婦全者安其全，各不相干而已矣。

(二)陳平⑦封曲逆侯，《史》、《漢》⑧注皆云：「音去遇」。予謂此是北方人土音⑨耳。若南人四音俱全，似仍當讀作本音為是。（北人於唱曲之曲，亦讀如去字。）

(三)古人四聲俱備，如「六」「國」二字，皆入聲也。今梨園⑩演蘇秦⑪戲，必讀「六」為

曲逆侯。

⑧史漢：《史》，《史記》。《漢》，《漢書》。

⑨土音：指方言。

⑩梨園：戲班子。

⑪蘇秦：戰國策士，字季子。曾發憤讀書，以錐刺股，終有所成，掛六國相印。

「溜」，讀「國」為「鬼」，從無讀入聲者。然考之《詩經》，如「良馬六之」、「無衣六兮」之類，皆不與去聲叶⑫，而叶祝、告、襖；國字皆不與上聲叶，而叶入陌、質韻，則是古人似亦有入聲，未必盡讀六為溜，讀國為鬼也。

(四)許氏《說文》⑬，分部有止有其部，而無所屬之字者，下必註云：「凡某之屬，皆從某。」贅句殊⑭覺可笑，何不省此一句乎？

(五)人非聖賢，安能無所不知。止⑮知其一，惟恐⑯不止其一，復求知其二者，上也；止知其一，因人言始知有其二者，次也；止知其一，人言有其二而莫之信者，又其次也；止知其一，惡⑰人言有其二者，斯⑱下之下矣。

⑫叶：音ㄒㄧㄝˊ。押韻。

⑬說文：《說文解字》，簡稱《說文》，東漢許慎所作。內容以解釋小篆的形、音、義為主。將文字分為五百四十部，每部底下都有「凡某之屬皆從某」的說明，即使該部只有一個字也是如此。屬，類。

⑭殊：很、極。

⑮止：僅、只。

⑯惟恐：只怕。

⑰惡：音ㄨˋ。討厭。

⑱斯：乃、就。

春秋時代有個晉國人，姓馮，名婦，擅長打老虎。當時一位旅行到晉國的南方商人在無意中聽到了馮婦的名聲，卻把「虎」誤聽成「火」，於是把馮婦這位「打虎英雄」當成了「打火英雄」，用重金給請了過去。馮婦到了南方以後，雖然語言不通，但每日吃著山珍海味，日子過得倒也快活。不久，宮殿失火，人們就把馮婦丟到火災現場打「火」。只會打虎不會打火的馮婦就這麼被燒死了。

除了《郁離子》之外，《尹文子》裡也有一個關於語言隔閡的故事：鄭國人把未加工的玉叫作「璞」。有一個周朝人問鄭國人說：「你要買『璞』嗎？上等的喔！」鄭國人一問價錢，怎麼這麼便宜？忙不迭地點頭說好，並伸出手來，準備捧回他以為的上等璞玉。周朝人就拿了一隻死老鼠，放在他的手上，把鄭國人嚇了一大跳。原來周朝人把未加工的老鼠肉叫作「璞」。

不是所有人都能完全發音標準，有時難免帶有地方或個人的腔調。早在魏晉時代，就有人察覺到這一點，於是積極研究文字的讀音，以求增加世人對讀音的重視與了解。這種學問在後來被稱為「聲韻學」。

對許多人而言，「聲韻學」是門專業而困難的學問，然而，專業而困難不代表沒有價值，就像字典裡的字，不是說常用字才有保存記錄的價值。研究聲韻學的意義在於了解字音演變的前因後果，讓人更清楚語言的變化。

語音會隨著時間而變化，但不代表就可以將錯就錯，亂唸一通。臺灣有位姓郭的女歌手，在錄製新專輯的時候，不小心把「稜」（ㄌㄥˊ）這個字唱成「ㄌㄧㄥˊ」。宣傳開始前，內部有人發現了這個錯誤。這下子，唱片公司就要面對一個困難的選擇了：照原訂計畫進行宣傳，還是重新錄製？

延遲宣傳固然會讓許多人手忙腳亂，重新錄製也會增加一大筆支出。坦白說，確實有不少人把「稜」字誤讀成「ㄌㄥˊ」，若要用這個藉口來替自己開脫，或許行得通，但是唱片公司不願意這麼做。他們寧可承擔金錢上的損失，也不願意故意忽視錯誤。

人都難免有錯，願意改正的是頭等人，瞎掰硬拗的是次等人。一個字都不願意馬虎的這家唱片公司，絕對是值得敬重的模範。

延伸思考

一．做學問要靠嚴謹的態度才能有所成就。除此之外，你認為還有哪些事需要靠嚴謹的態度才能做好？

二．報載，某小學教師因為過度要求學生書寫標準字體而造成家長的不滿。事實上，要求把字寫正確固然是對的，但是過度要求反而會造成學習上的排斥。你認為應該如何調和兩者？

引導作文

宋朝的王安石倡導變法改革，理念雖好，但是因為操之過急，反而導致失敗。由此可知，「做好事」固然重要，「把事做好」也不可忽視。請以「把事做好」為題，說明做事情應該抱持哪些正確的態度，才容易成功。

談才華

一 美好的事物總是令人不捨

㈠為月憂雲，為書憂蠹❶，為花憂風雨，為才子、佳人憂命薄，真是菩薩❷心腸。

㈡一恨書囊易蛀，二恨夏夜有蚊，三恨月臺❸易漏，四恨菊葉多焦，五恨松多大蟻，六恨竹多落葉，七恨桂荷易謝，八恨薜蘿❹藏虺❺，九恨架花生刺，十恨河豚❻多毒。

注釋

❶蠹：蛀蟲。

❷菩薩：1.佛教用語，指修行境界在佛之下，在阿羅漢之上的眾生。2.指經常行善的好人。

❸月臺：露天的平臺，相當於現代的「陽臺」。

❹薜蘿：薜荔和女蘿兩種植物，後世常用來代指隱士的服裝。薜，音ㄅㄧˋ。薜荔，植物名，

(三)新月恨其易沉，缺月恨其遲上。

(四)才子而美姿容，佳人而工著作，斷不能永年[7]者，匪獨為造物之所忌。蓋此種原不獨為一時之寶，乃古今萬世之寶，故不欲久留人世，以取褻[8]耳。

(五)天下器玩之類，其製日工，其價日賤，毋惑[9]乎民之貧也。

可入藥。蘿，女蘿，又名松蘿、蔦蘿等，多攀附在其他植物上，可入藥。

5 虺：音ㄏㄨㄟˇ，毒蛇名。

6 河豚：魚名，味美，但內臟、血液等含有劇毒。

7 永年：即長壽。

8 取褻：招來侮辱。

9 毋惑：難怪。

導讀 短暫的美麗與美麗的短暫

每逢國慶或跨年等重大節慶，總不免有應景的煙火。有人說煙火因為美麗而顯得短暫，有人則說煙火因為短暫而更加美麗。其實兩種說法都沒錯，若不是因為美麗，人們又豈會在乎煙火的短暫？若不是因為短暫，人們又豈會屏息期待著綻放的瞬間？

熟悉煙火攝影的人都知道，拍攝煙火的時候，最惱人的就是那施放煙火時伴隨著的煙霧。人世間的事彷彿都是如此，越是美麗的事物，越是容易帶來遺憾。蘇東坡曾經寫下「月明多被雲妨」的詞句，以寄託心中的慨嘆，《紅樓夢》小說的女主角林黛玉則以「葬花」的舉動，抒寫心中的傷感。林黛玉同情掉落的花瓣，因此把它們埋入土中，並留下了「試看春殘花漸落，便是紅顏老死時。一朝春盡紅顏老，花落人亡兩不知」的感傷詩句。花朵終會凋零，正如青春終會消逝，這哪裡是人力所能改變的呢？

蘇東坡在〈水調歌頭〉一詞中說：「人有悲歡離合，月有陰晴圓缺，此事古難全。」月亮有圓有缺，便是月圓，也有被烏雲遮蔽的時候。花朵有盛開的時候，也有凋落的時候，如果盛開的花朵被風雨打落，更是令人傷感。人世間的事情往往如此，越是美好的事物，越是讓人不捨。

世人常說「天妒英才」、「紅顏薄命」，其實，「英才」不一定「天妒」，「紅顏」也不一定「薄命」，只是，「英才」或「紅顏」的悲慘命運格外讓人惋惜罷了。唐朝的天才詩人李賀，不到三十歲就過世了，他的死總讓人遺憾：「如果他能多活幾年，會不會留下更多精彩的作品呢？」歌手鄧麗君在四十二歲時過世，人們感到惋惜；歌手鳳飛飛在五十九歲時過世，人們感到惋惜；而世界男高音帕華洛帝在七十二歲時過世，已經不能說是英才早逝了，不過人們也同樣感到惋惜。

文人雅士為花開花落而憂，因月圓月缺而恨，表現出他們心中對美好事物的眷戀與不捨，真是所謂的「菩薩心腸」。「菩薩」的慈悲永無止境，而文人雅士的憂恨，也同樣永無止境。

延伸思考

一・西施因為美麗而被送入吳國，王昭君因為美麗而被派去和親。前人總說，自古紅顏多薄命，你認為真的是如此嗎？該如何解釋人們為什麼會這麼想？

二・俗語說：「善有善報，惡有惡報。」翻開歷史，卻也發現不少好人遭遇到悲慘的命運。你對這樣的情形有什麼樣的看法，請想想看做善事能帶給生命什麼樣的價值？

引導作文

曇花雖美，只能一現；青春雖好，總讓人覺得短暫。許多美好的事物，在人們不知不覺中消逝無蹤，便是想要挽回，也為時已晚。試以「珍惜美好的事物」為題，說明生活週遭有哪些美好的事物值得珍惜，又該如何珍惜？

談才華

二 什麼都會不重要，會些什麼才重要

原文

(一)花之宜於目，而復宜於鼻者。梅也、菊也、蘭也、水仙也、珠蘭❶也、蓮也。止宜於鼻者，櫞❷也、桂也、瑞香❸也、梔子❹也、茉莉也、木香❺也、玫瑰也、蠟梅也。餘則皆宜于目者也。花與葉俱可觀者，秋海棠為最，荷次之，海棠、酴醾❻、虞美人❼、水仙又次之。葉勝于花者，只雁來紅❽、美人蕉❾而已。

(二)文人講武事，大都紙上談兵；武將論文

注釋

❶珠蘭：花名，或稱金粟蘭。五、六月間開黃色小花，味香。

❷櫞：音ㄩㄢˊ。花名，或稱香櫞。常綠小喬木，果皮、花、葉等均可作為芳香劑。

❸瑞香：花名，或稱沈丁香、千里香、露申。花色呈紫紅或白色，春季開花，香氣濃郁。

❹梔子：花名，花色白或黃，夏

章，半屬道聽塗說。

(三) 凡花色之嬌媚者，多不甚香；瓣之千層者，多不結實；甚矣全才之難也。兼之者，其惟蓮乎？

(四) 芰⑩荷可食，而亦可衣；金石可器，而亦可服。

(五) 凡聲皆宜遠聽，惟琴聲則遠近皆宜。

(六) 宜於耳復宜於目者，彈琴也、吹簫也；宜於耳不宜於目者，吹笙也、擪⑪管也。

(七) 酒可當茶，茶不可當酒；詩可以當文，文不可以當詩；曲可以當詞，詞不可以當曲；月可以當燈，燈不可當月；筆可以當口，口不可以當筆；婢可以當奴，奴不可當婢。

(八) 冰裂紋極雅，然宜細，不宜肥。若以作窗欄，殊不耐觀也。

季開花。梔，音ㄓ。

⑤ 木香：花名，或稱馬兜鈴。花暗紫色。

⑥ 酴醾：音ㄊㄨˊ ㄇㄧˊ。花名，或稱荼蘼。初夏開黃白色重瓣花。

⑦ 虞美人：花名，或稱麗春花。夏季開花，有紅、白、黃、紫粉、紅等色。

⑧ 雁來紅：花名，或稱老少年、十樣錦。夏秋間開淡綠色或淡紅色細花。

⑨ 美人蕉：花名，或稱紅蕉。夏季開花，花色以紅、黃居多。

⑩ 芰：音ㄐㄧˋ。菱角。

⑪ 擪管：以指按笛，演奏歌曲。擪，音ㄧㄝˋ。或作「擫」。

二十一世紀前後，臺灣進行一系列的教育改革。教育主管機關提出「七大領域」的政策內容，強調學生學習的內容可以分為語文、健康與體育、社會、藝術與人文、自然與生活科技、數學、綜合活動等七大方面，強調不應偏重於某項特定內容。「七大領域」是學者研究出來的理論，沒有人確定將來是不是會更動內容，可以想像的是，「萬般皆下品，唯有讀書高」的時代，應該是不復見的。

知名服裝設計師王陳彩霞從小就喜歡讀書，卻因為家境的關係，不得不放棄學業。沒有辦法從書裡學習，她就從人的身上學習。決定學習裁縫以後，只要對方有優點，她就全心向他學習。人不是書，書本沒有脾氣，人有。遇到脾氣不好的人，她會想盡方法配合對方。她說：「其實就算被罵一下又有什麼關係，他肯教才重要。」靠著這樣的學習精神，她創辦了知名的台灣服飾品牌。

從王陳彩霞的例子可以知道，學習可以有很多種方式，讀書只是其中一種相對簡單的。有些人可能不這麼認為，但很可能只是因為他不懂得讀書的方法。

「書」有很多種，它可以是詩賦文集，也可以是武功祕笈。拿打籃球這回事來說，實際的練習固然重要，翻翻書研究一下戰術技巧也無不可，只要不是「紙上談兵」、「道聽塗說」就行了。換句話說，讀書可以是主要的學習方式，也可以是輔助的學習方式，它本身就可以很「多元」，萬萬不可一提起「多元」，就把「讀書」看作洪水猛獸。

所謂的「多元」，不一定非要有很多路可走，一條路有很多走法也是「多元」。舉例來說，想要到達目的地可以搭車、乘船、坐飛機，光靠著雙腿走，期待能走上一條不會累的路，那只能是空想。

讀書要像賞花，花不美就聞聞花香，花不香就看看綠葉，就算花朵不美不香，葉子也不怎麼樣，數量多了就能達到徐志摩「數大就是美」的境界。嫌書讀得沒趣，何妨來個「數大就是美」，讀多了說不定就能上癮呢！

延伸思考

一．有些人讀書時用眼睛看就可以了，有些人讀書時要唸出聲音才可以，有些人讀書時要邊看邊寫。不管用什麼方式，重要的是找到最適合自己的讀書方式。請觀察自己的讀書方式，並嘗試採用不同的讀書方式，看看是否更有效果。

二．除了讀書以外，請想想看，還有哪些學習方式。並進一步思考，採取這些學習方式須要付出什麼樣的努力。

引導作文

嬰兒從不會說話到會說話，是學習；幼兒從不會走路到會走路，是學習。兒童從不會寫字到會寫字，也是學習。生活中，從使用日常用品到使用科技產品，無一不需要學習。請以「書本以外的學習」為題，論述學習與生活的關係。

談才華（二）好聽的不一定好看

原文

(一)女子自十四五歲，至二十四五歲，此十年中，無論燕、秦、吳、越，其音大都嬌媚動人，一睹其貌，則美惡判然❶矣。耳聞不如目見，於此益信。

(二)延❷名師訓子弟，入名山習舉業，丐名士代捉刀❸，三者都無是處。

(三)大家❹之文，吾愛之慕之，吾願學之；名家之文，吾愛之慕之，吾不敢學之。學大家而不得，所謂「刻鵠不成尚類鶩❺」也；學

注釋

❶判然：分明的樣子。
❷延：聘請。
❸捉刀：此指代寫文章。
❹大家：著名的專家。
❺刻鵠不成尚類鶩：指學得不夠好，但還有幾分水準。
❻畫虎不成反類狗：指學得不只不好，而且適得其反，越學越差。

名家不得，則是「畫虎不成反類狗⑥」矣。

(四)昔人云：「婦人識字，多致誨淫。」予謂此非識字之過也。蓋識字則非無聞之人，其淫也，人易得而知耳。

(五)官聲⑦採於輿論、豪右⑧之口、與寒乞⑨之口，俱不得其真。花案⑩定於成心，豔媚之評，與寢陋⑪之評，概恐失其實。

(六)梧桐為植物中清品，而形家⑫獨忌之，甚且謂：「梧桐大如斗，主人往外走。」若竟視為不祥之物也者。夫翦桐封弟⑬，其為宮中之桐可知。而卜世⑭最久者，莫過於周。俗言之不足據，類如此夫。

(七)寧為小人所罵，毋為君子所鄙；寧為盲主司⑮之所擯棄，毋為諸名宿⑯之所不知。

(八)豪傑易於聖賢，文人多於才子。

(九)無其罪而虛受惡名者，蠹魚也。有罪而恆逃清議者，蜘蛛也。

⑦官聲：做官的評價。

⑧豪右：指有權有勢的人家。

⑨寒乞：指貧困的人家。

⑩花案：與情愛有關的案件。

⑪寢陋：骯髒低級。

⑫形家：替人看風水的算命師。

⑬翦桐封弟：周成王曾經剪下一片桐葉，開玩笑地說要封他年幼的弟弟叔虞一個國家。周公認為君無戲言，勸諫成王實踐諾言，叔虞就被封到唐這個地方。

⑭卜世：此指傳國。

⑮盲主司：譏諷沒有見識的主考官。

⑯名宿：有才學名望的人。

元朝大書法家趙孟頫（ㄈㄨˇ）曾經寫過一首詩：「學書工拙何足計，名世不難傳世難。當有深知書法者，未容俗子議其間。」這首詩的意思是說，不管本身的書法造詣如何，都有可能成為當世知名的書法家，只是作品是不是有流傳到後世的水準，那就難說得很了。因為世上總會有真正了解書法的人，容不得那些人云亦云的平常人不懂裝懂，滿口胡說八道。

名氣不等於能力，這是趙孟頫想要在詩中傳達的想法。漢朝是一個最重視「名聲」的朝代，朝廷甚至實施「徵辟」制度，徵召有名的人出來做官，用「名聲」的大小來決定地位的高低。「水往低處流，人往高處爬」，為了當大官，人們開始用各種方法來累積自己的名聲，衝高自己的人氣。有人花錢，有人找朋友，千方百計要讓別人來稱讚自己。這類沽名釣譽的人多了，社會上就出現了各種怪象。

包裝出來的名聲，只能騙得了一般人，騙不了有智慧的人，更騙不了後世。有人說：「我只要騙得過一般人就夠了啊！」從個人的角度來看，只要不被拆穿，他確實可以藉著包裝，得到他想要的。然而，從社會的角度來看，只靠包裝不靠實力的人越多，社會受害就越深。試想，一位享有大名的庸醫會醫死多少人？做事靠的是實力，不是名聲。

宋朝有一本《扁鵲心書》，裡面記載了一段故事：一位姓陳的醫生，靠著一帖藥方，治好了不少人，因此名氣很大。問題是，藥方雖好，還須對症。有個鹽販因為妻子生病而找上了名氣很大的陳醫生。妻子吃了陳醫生的藥以後，肚子開始痛了起來。鹽販心想，陳醫生名氣這麼大，給的藥應該不會有問題，就逼著妻子把藥吃完，而他的妻子居然就死了。《扁鵲心書》的作者以此告誡世人不可以「信耳不信目」。

據說美國的華盛頓郵報曾經作過一個實驗。他們找來了一位世界知名的小提琴演奏家，用一部價值三百五十萬美元的小提琴，在地鐵站演奏了四十五分鐘，卻沒有多少人願意駐足聆聽，遑論丟下表示讚賞的硬幣。許多世界知名的藝術家，都曾在成名前流落街頭，等待識才的伯樂。只要有心，你我都可以擁有發現感動的慧眼。

延伸思考

一．有些言詞會突破時空的限制，流傳到後世各地，在做事做人上，給後人諸多指引及啟發。請想想看，閱讀名言和迷信權威有什麼不同？

二．有人因為做好事而流芳百世，有人因為做壞事而遺臭萬年。晉朝大將軍桓溫曾表示，不能流芳百世，也要遺臭萬年。現代有些人抱持著類似的態度，想方設法讓他人注意到自己，即使招來的是責罵也沒有關係。你認為這樣的想法，錯在哪裡？

引導作文

社會上有許多人崇尚名牌。有些人認為有名氣的品牌就是品質的保證，即使價格昂貴一點也無所謂；有一些人在意的不是品質，而是別人羨慕的目光。請以「我對名牌的看法」，談談名牌的意義及價值，並論述面對名牌時應抱持何種正面的態度。

談才華

四

人才不一定能等，所以用人要及時

原文

㈠才子而富貴，定從福慧雙修得來。

㈡才子遇才子，每有憐才之心；美人遇美人，必無惜美之意。我願來世托生❶為絕代佳人，一反其局❷而後快❸。

㈢予嘗欲建一無遮大會❹，一祭歷代才子，一祭歷代佳人，俟❺遇有真正高僧，即當為之。

注釋

❶托生：即投胎。

❷局：局面、局勢。

❸快：稱心。

❹無遮大會：不分貴賤貧富都可以參加的平等法會。

❺俟：等到。

(四)花不可見其落，月不可見其沉，美人不可見其夭❻。

(五)種花須見其開，待月須見其滿❼，著書須見其成，美人須見其暢適❽，方有實際，否則皆為虛設❾。

(六)天下無書則已❿，有則必當讀；無酒則已，有則必當飲；無名山則已，有則必當遊；無花月則已，有則必當賞玩；無才子佳人則已，有則必當愛慕憐惜。

❻夭：短命而死。
❼滿：指月圓。
❽暢適：暢快舒適。
❾虛設：指形式上雖存在，實際上並沒有起作用。
❿已：罷了、算了。

賈誼是漢文帝時的大才子，他才不過二十歲出頭就得到皇帝的賞識。當他提出了與老臣周勃、灌嬰等人不同的主張時，漢文帝嘉許的目光肯定讓他得意非凡。然而，周勃、灌嬰並非一般老臣，他們當初把漢文帝劉恆從民間找來，擁護他登上天子之位。沒有他們的力量，劉恆不會有後來的地位。兔死狗烹的事情，漢高祖劉邦做得出來，漢文帝不能。至少，不能做得太快、太絕。於是，賈誼下臺了。不久之後，他也因為滿懷憂懷而離開了人生的舞臺。

千年之後，另一位大才子蘇東坡寫下〈賈誼論〉，批評賈誼「志大而量小，才有餘而識不足」。蘇東坡認為，賈誼應該把握「待」和「忍」這兩個大原則，等到時機成熟，就能一展長才。

賈誼二十二歲當博士，蘇東坡二十二歲中進士，兩人都是少年得志。不同的是，蘇東坡懂得「待」和「忍」。從他的〈稼說送張琥〉這篇文章裡就可以看出他對自己的少年得志是如何的戒慎恐懼。「待」和「忍」是一種修養，也是一種智慧，因為成功不只要靠才華，也要等時機。

蘇東坡憑著他卓越的才華與達觀的態度，在漫長的人生等待著。他等到了一貶黃州，等到了再貶惠州，等到了三貶儋州。他等了四十多年，六十幾歲的壽命對古人而言，並不算是早夭，但他還是等不到一展長才的機會。其實，蘇軾也不是沒有過機會。當初，他受到另一位大才子歐陽脩的提拔，那是一次機會。不過，他先遭母喪，後遇父喪，盡孝乃是本分，沒什麼可抱怨的，而機會就這麼溜走了。後來，他得到高太后的重用。蘇東坡的際遇證明了一件事——等待可以迎來再一次的機會。不久，高太后過世，蘇東坡再次被貶官。他的遭遇證明了另一件事——命運也可能會再一次捉弄人。

一個人或許可以等個四十年，卻幾乎不可能再等個四十年。世事難預料，別說四十年了，就是只有一天，也不是人人都等得了。蘇東坡批評賈誼不能等，不懂得「待」和「忍」的道理，但其實該負責任的是主事者，因為有才能的人不一定能等。

民國初年有位傑出的詩人朱湘。他是新月詩派的代表人物之一，不過，生活的重擔卻逼得他走投無路。不僅幼子未滿週歲就活活餓死，也因而與妻子離異，最後在貧病交加的情況下投江自盡，死的時候年僅二十九歲。一個理想的時代應該讓每個人都能發揮自己的才能。前人曾以「蜀中無大將，廖化作先鋒」一語形容三國時的蜀國將滅亡前的人才凋零情況，但其實人才一直都在，只是沒能站在適當的位置而已。西元二〇一二年，國科會舉辦了首屆「科技諮議會」，會議上討論了臺灣缺乏人才的問題。有人說：「環境沒給年輕人希望。」針對此一現象，三國時代的蜀國，給了現代一個絕佳的借鑑。

延伸思考

一．孔子說：「人不知而不慍，不亦君子乎！」意思是說，即使自己的才能沒被發現，也不用生氣。不生氣不代表什麼都不做，你認為應該如何做，才能讓人發現自己的才能？

二．有些人認為自己有才能而不被賞識，實際上卻是高估了自己的能力。你認為如何做，才能知道自己到底有沒有才能呢？

引導作文

臺灣導演李安曾經在家裡過了六年的待業生活，由妻子擔負起養家的工作。他持續在家中創作劇本，終於引起國際的注意，終於榮獲大獎，成為國際知名的大導演。他的例子足以帶給世人許多啟發。請以「把握時機，表現自己」為題，論述如何在人群中脫穎而出的方法。

談交友

一 不同的場合適合不同的朋友

原文

(一)上元❶須酌豪友❷，端午須酌麗友❸，七夕須酌韻友❹，中秋須酌淡友❺，重九❻須酌逸友❼。

(二)因雪想高士，因花想美人，因酒想俠客，因月想好友，因山水想得意詩文。

(三)賞花宜對佳人，醉月宜對韻人，映雪宜對高人。

注釋

❶上元：農曆正月十五，即元宵節。

❷豪友：個性豪放的朋友。

❸麗友：容貌秀麗的朋友。

❹韻友：性情風雅的朋友。

❺淡友：個性恬淡的朋友。

❻重九：農曆九月初九，即重陽節。

❼逸友：隱居山林的朋友。

出生在美國密西根州的喬・吉拉德（Joseph Samuel Gerard）是連續十二年榮登金氏世界紀錄的推銷高手。一般推銷員每週大約賣七輛車，而他則留下平均每天賣出六輛車的驚人紀錄。在他退休之後，許多人不遠千里跑去聽他的演講，只為了汲取他的成功經驗，他曾將他的成功總結出一條「二五〇定律」。

喬・吉拉德說：「從參加婚禮與喪禮的平均人數可以得知，一個人的一生，大約會認識二百五十個關係較親近的人，其中包括了親戚、同事、鄰居、朋友等。」從這條定律中，喬・吉拉德領悟到，趕走一個客戶，就等於趕走了二百五十個潛在客戶，因此必須時時謹慎。有人從喬・吉拉德的演講中領悟到，一般人的多數朋友只會在婚禮或喪禮上出現，真正對自己有實質幫助的只有極少數的朋友，所以必須好好把握那些極少數的朋友。

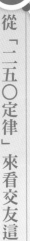

通常每個人都有許多朋友，這一點不假，但是對自己有實質幫助的，未必只是少數，因為那應該取決於自己。孔子說：「三人行，必有我師焉。擇其善者而從之，其不善者而改之。」朋友的優點值得學習，朋友的缺點可以借鑑，不只如此，朋友都有各自的特點，在不同的情境下適合和不同的朋友來往。

晉朝的王子猷有一回在大雪中想起他那隱居的好友戴逵，於是乘船去找他。到了戴逵的門口，王子猷連一聲招呼都沒有打就回去了。後人認為王子猷的做法太過狂誕，卻也是因為戴逵是個高雅的好友，換作其他人，就算不會因為王子猷不給面子而和他決裂，恐怕也會因此而大為不快。戴逵不過是個隱士，不可能在官場上給王子猷任何的幫助，但是王子猷有這麼一個賞雪就會想起的好友，著實令人稱羨。

人在不同階段結交不同的朋友，在不同場合結交不同的朋友。有的朋友適合一起讀書，有的朋友適合一起出遊，有的朋友則適合一起閒聊。生命若是過得多采多姿，值得交往的朋友又怎會只有寥寥數人而已呢？然而，必須注意的是情境的問題，若是想好好享受一頓大餐，找個美食專家的好友作陪，當然是好事，若是想要控制自己的體重，身邊的好友卻老是在談哪一家餐廳的東西好吃，那不是難為自己嗎？

孔子說：「友直、友諒、友多聞。」明代學者蘇浚將朋友分為「畏友」、「密友」、「暱友」、「賊友」四種，清代文人張潮則將朋友分為「豪友」、「麗友」、「韻友」、「淡友」、「逸友」等。替朋友分類是一回事，在什麼時候什麼場合找什麼朋友，那就要看個人的智慧了。

延伸思考

一．根據不同的標準，分類的方式便有不同。請你列出好友名單，並用自己的方式替他們分類。

二．在替朋友分類的過程中，可以了解到許多自己平常沒有留意到的事，例如：某一種特色的朋友特別多，某一個階段或領域的朋友特別少等。在整理名單時，也可能想到一些平時沒想到的朋友。想想看，你最近打算參加什麼活動？參加活動時適合邀哪些朋友？

引導作文

「朋友」是極為常見的作文題目。許多人在寫作這類文章時會著重在介紹自己朋友、和好朋友認識交往的過程等，卻不見得會想到可以和朋友一起去做些什麼事。請以「朋友，我們一起去……」為題，寫一篇文章。文中敘述自己想找什麼朋友去做什麼事，並說明想找對方的理由。

談交友

（二）超越物種的友誼

原文

天下有一人知己，可以不恨。不獨人也，物亦有之。

如菊以淵明為知己，梅以和靖為知己，竹以子猷為知己，蓮以濂溪為知己，桃以避秦人為知己❶，杏以董奉為知己❷，石以米顛為知己❸，荔枝以太真為知己❹，茶以盧仝、陸羽為知己，香草以靈均為知己，蓴鱸以季鷹為知己，蕉以懷素為知己❺，瓜以邵平為知己，

注釋

❶桃以避秦人為知己：陶淵明曾寫下〈桃花源記〉。文中提到一群人為了躲避秦朝的暴政，逃到了栽滿桃花的美麗世界。

❷杏以董奉為知己：董奉，三國時吳國名醫，替窮人治病不收錢，只讓人種杏樹作為回報。

❸石以米顛為知己：米芾，北宋書法家，喜歡石頭，曾向奇石

雞以處宗為知己，鵝以右軍為知己❻，鼓以禰衡為知己，琵琶以明妃為知己。

一與之訂，千秋不移。若松之於秦始❼，鶴之於衛懿❽，正所謂不可與作緣者也。

下拜，稱為石兄，人稱米顛。

❹荔枝以太真為知己：楊太真，小字玉環，唐玄宗時的貴妃，喜歡吃荔枝。

❺蕉以懷素為知己：懷素，唐代書法家，曾在芭蕉葉上練字。

❻鵝以右軍知己：王羲之，人稱王右軍。愛鵝成痴，曾有道士用一籠好鵝向他交換書法。

❼松之於秦始：秦始皇曾經在登泰山時遇到暴風雨，因躲避在松樹下，因而封它為五大夫。

❽鶴之於衛懿：衛懿公喜歡鶴鳥，封鶴鳥為高官，引發國人不滿。外族入侵時，國中無人肯去抗敵，衛懿公因而被殺。

你討厭老鼠嗎？還是你對老鼠的感覺已經從討厭進階到害怕的地步？如果你知道有人很喜歡老鼠，有人的家裡到處都是老鼠，你會有什麼感覺？

在一輛長途行駛的火車上，有位二十幾歲的年輕人發現自己休息的臥鋪附近來了一隻老鼠。他並不像某些人一樣大聲尖叫，也不像某些人一樣拚命驅趕老鼠，他反而開始拿了一些麵包屑來餵牠。很快的，一人一鼠就成了長途旅行的好伴侶。

由於這位年輕人平時就喜歡畫畫，加上他所從事的是和繪畫有關的工作，於是他開始拿起畫筆，用自己的想像力，為那隻老鼠畫下了一張又一張表情生動的圖案，並且給那隻老鼠取了個名字——米奇（Mickey）。

那隻和年輕人結為好友的老鼠就是「米老鼠」（Mickey Mouse）的本尊，而那位年輕人就是因為創造出「米老鼠」這個角色而享譽全球的華特·迪士尼（Walt Disney）。

時至今日，米老鼠已經成為家喻戶曉的卡通經典角色，即使是怕老鼠的小孩，也不會被牠嚇哭。如果他們對著米老鼠尖叫，通常只有兩種情況：不是要求握手，就是要求拍照，絕不是抄起掃把來打牠。

米老鼠的本尊不可能知道牠會成為全球小孩喜愛的對象，就算知道，牠也不會在乎。只是，人們總會把自己的感情投射在其他物種上。人們會這麼想像著，如果老鼠會說話，牠們一定會對華特·迪士尼說：「謝謝你，你真是我們的『知己』。」

在這個世界上，喜歡老鼠的並不只華特·迪士尼一個人而已。唐朝的柳宗元曾在他的文章裡評論過一個喜歡老鼠的人。那個人住在永州，因為他的生肖是老鼠，所以他特別喜歡老鼠，命令家人絕對不可以傷害老鼠。就這樣，老鼠不但子孫滿堂，還呼朋引伴，一起到這老鼠天堂裡享福。從此以後，這家人吃的是老鼠吃剩的，穿的也是老鼠吃剩的，就連桌子、椅子、箱子、櫃子什麼的，也全是老鼠吃剩的東西。過了幾年，那個喜歡老鼠的人搬了家，新住戶一看，老鼠居然這麼囂張，這可怎麼得了！於是全力搜捕，被殺的老鼠多得像山一樣，屍臭過了好幾個月還沒有消散。

同樣是喜歡老鼠，有人能讓別人也喜歡老鼠，有人則讓別人更加痛恨老鼠。前一種人就像是改造我們形象的朋友，後一種人就像是縱容我們缺點的朋友。如果老鼠能夠選擇的話，不知道會選擇什麼樣的人來當朋友？除了老鼠之外，在古人的浪漫想像中，菊花、梅花、竹子、蓮花、桃花、杏樹、石頭、荔枝、茶葉、香草、蓴菜、鱸魚、芭蕉、瓜果、雞鵝、鶴鳥、松樹，乃至樂器中的鼓與琵琶等，都有「朋友」，又不知它們的「朋友」又是怎麼樣的人？

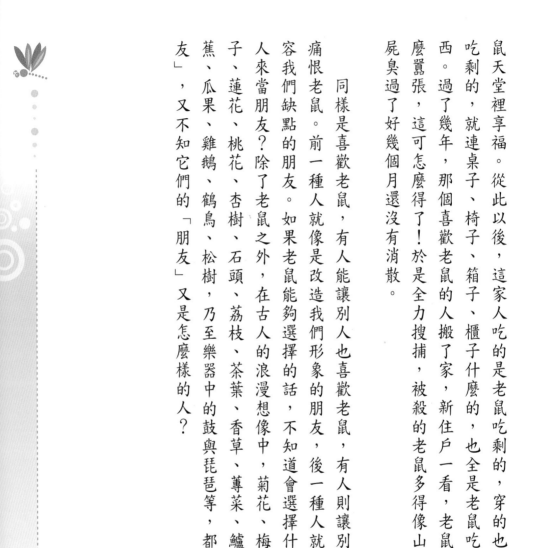

延伸思考

一．有人養寵物是把牠們當成朋友，有人養寵物是把牠們當成家人，有人養寵物是把牠們當成玩具。你是否養過寵物？你覺得應該用什麼態度看待寵物呢？

二．古人說：「以友輔德。」好的朋友能夠減少我們的缺點，改造我們的形象。請仔細想想，怎樣的朋友才算是能夠改造我們形象的好朋友？

引導作文

鍾子期因為能夠聽出俞伯牙琴中的意涵，被俞伯牙稱作「知音」而引為好友。鍾子期死後，俞伯牙因為知音之死而終身不再彈琴。知音難得，人世間有一二知己好友，實為大幸。試以「知己」為題，描述自己心中的知己好友，並進一步闡述自己該如何對待知己好友。

談交友 三

雲朵因為日光而幻化為彩霞，泉水因為岩石而激蕩成瀑布

原文

㈠雲映日而成霞，泉挂❶岩而成瀑，所托者異，而名亦因之，此友❷道❸之所以可貴也。

㈡有工夫❹讀書，謂之福；有力量濟人❺，謂之福；有學問著述，謂之福；無是非到耳，謂之福；有多聞直諒❻之友，謂之福。

㈢對淵博友，如讀異書❼；對風雅友，如讀名人詩文；對謹飭❽友，如讀聖賢經傳；對滑

注釋

❶挂：音ㄍㄨㄚˋ。懸掛。同「掛」字。
❷友：結交。
❸道：即「有道」，指有道德學問的人。
❹工夫：指空閒時間。
❺濟人：救助別人。
❻多聞直諒：指見聞廣博、正直守信。諒，誠信。

稽友，如閱傳奇小說。

㈣黑與白交，黑能污白，白不能掩黑；香與臭混，臭能勝香，香不能敵臭。此君子小人相攻⑨之大勢⑩也。

❼異書：內容新奇特別的書。

❽謹飭：態度謹慎，懂得約束自己。飭，音ㄔˋ。約束修養。

❾攻：較量。

❿大勢：事情發展的趨勢。

怎麼樣的朋友才是真正的「好朋友」？孔子說得很清楚：「友直，友諒，友多聞。」「直」就是正直，正直的朋友會規勸我們的過失，讓我們可以變得更好；「諒」就是誠信，誠信的朋友會說到做到，和他們一起做事，可以把事情做得更好；「多聞」就是見多識廣，和見多識廣的朋友一起談話，可以增加自己思考的深度。東晉大文豪陶淵明〈移居〉詩說：「奇文共欣賞，疑義相與析。」說的就是那種可以共同鑑賞文學，可以一起討論問題的「多聞之友」。為了和這樣的朋友在一起，陶淵明甚至大費周章地搬到這種賢士的隔壁，和他做鄰居。

「多聞之友」不一定要像百科全書一樣什麼都會，只要能在某個領域有深入獨到的見解，就算是「多聞」。作家林良在寫給女兒櫻櫻的信中說：「朋友真像一本一本的好書。」這句話可以加一個字：「『好』朋友真像一本一本的好書。」好書不妨多讀幾次，多讀幾本，至於那不好的書，還是應該盡量離遠一點，以免戕害了自己的心靈，破壞了自己的名聲，所以孔子也強調：「就有道而正焉。」意思是說要親近有道德的人，藉以端正自己的行為。

關於朋友的意義，前人已有相當多的討論。從過去的農業社會進入現代工商社會以後，人際關係的重要性日益增加。許多人以美國史丹佛大學研究中心發表過的一份調查報告，強調人際關係的存在價值：「一個人賺的錢，12.5%來自知識，87.5%則是來自於關係。」

人際關係不只影響個人的事業，也影響個人的學識。古典詩人張夢機教授曾說：「根據我的經驗，在大學裡一些卓越人才的出現，往往是在群體中產生。」他以學者如王熙元、許錟輝、陳新雄、李殿魁、王關仕等知名教授為例，證明這種看法。就連張教授本人，也是交遊廣闊，提攜許多後進。

作家張曼娟在就讀五專時，曾經修過一門難度頗高的《中國現代史》，為了準備期末考試，她與四位好友共同研究課本，在提問、講述的過程中，她領會到最佳的學習方式。那次考試，五個人順利過關。朋友間激蕩出來的力量，實在不容小覷。

延伸思考

一．孟子說：「西子蒙不潔，則人皆掩鼻而過之。」即使美如西施，一旦沾滿了髒東西，別人也不能把臭的當成香的。西施也不能向別人抗議說，發臭的是髒東西，又不是她。和壞人往來，即使做壞事的不是自己，旁人也把他看成壞人。請問你認同這樣的看法嗎？為什麼？

二．你平時都和朋友聊些什麼？是食物？是衣服？還是書本？除了這些，你覺得還有什麼事情可以和朋友一起討論？

引導作文

一提到「好朋友」，大家往往就會想成是「交情很好的朋友」。然而，交情最好的朋友，不一定就是對自己最有幫助的朋友。有些平時較少往來的朋友，卻對自己的學業道德很有幫助。孔子所說的「直」、「諒」、「多聞」，指的就是這類「好」朋友。請以「我的『好』朋友」為題，具體說明自己在生活上遇到過哪些有助於學業道德的朋友，或是描述自己心中的「好」朋友。

談交友

四 聊天要找對朋友

原文

(一)一介❶之士，必有密友；密友不必是刎頸之交❷。大率❸雖千百里之遙，皆可相信，而不為浮言❹所動。聞有謗❺之者，即多方為之辯析❻而後已。事之宜行宜止者，代為籌畫決斷❼。或事當利害關頭，有所需而後濟❽者，即不必與聞❾，亦不慮其負我與否，竟為力承其事。此皆所謂密友也。

注釋

❶一介：一個。
❷刎頸之交：生死相交的朋友。
❸大率：大概、大致。
❹浮言：不實的謠言。
❺謗：誹謗。造謠中傷別人。
❻辯析：辯解說明。
❼決斷：拿主意。
❽濟：成功。
❾與聞：參加。

(二)發前人未發之論，方是奇書；言妻子難言之情，乃為密友。

(三)鄉居須得良朋始佳。若田夫樵子，僅能辨五穀而測晴雨，久且數⑩未免生厭矣。而友之中當以能詩為第一，能談次了，能畫次之，能歌又次之，解觴政⑪者又次之。

(四)經傳宜獨坐讀，史鑑⑫宜與友共讀。

(五)並頭⑬聯句⑭，交頸⑮論文，宮中應制⑯，歷使屬國⑰，皆極人間樂事。

(六)求知己於朋友易，求知己於妻妾難，求知己於君臣則尤難之難。

⑩數：次數多。
⑪觴政：行酒令。
⑫史鑑：歷史著作。
⑬並頭：並排。
⑭聯句：一種集體創作的方式。
⑮交頸：本指動物間表示親暱的行為，此指關係親近。
⑯應制：奉旨創作詩歌等。
⑰屬國：附屬國。

導讀 交朋友要講求「門當戶對」

有一個寓言故事是這樣說的：一位公司的經理帶著他的助理和秘書到某地出差，卻迷失在一處沒有人煙的所在。太陽晒得路面發燙，更晒得他們又渴又餓。正在走投無路的時候，他們撿到了一盞神燈。神燈裡的精靈答應給他們一人一個願望。助理說：「我希望你能送我到游泳池畔享受冰涼的飲料。」「砰」的一聲，助理就到了游泳池畔。秘書說：「我希望你能送我到高級餐廳品嚐美味的食物。」「砰」的一聲，秘書就到了高級餐聽。輪到經理說他的願望了。經理說：「我希望你能送他們兩個人到公司裡辦公。」「砰」的一聲，助理和秘書就回到了公司。

老闆和員工的身分不同，看事情的角度不同，員工想的是「錢多事少」，老闆卻往往希望員工「事多錢少」，雖然不必然如此，但是就各人的利益來看，卻是如此。因此，老闆和員工要保持好的關係是可能的，但要成為好的朋友，則是難上加難。

朋友之間必須是對等的，唐朝的劉禹錫在〈陋室銘〉裡說得最實際：「談笑有鴻儒，往來無白丁。」鴻儒就是有學問的大才子，白丁就是沒知識的平常人。劉禹錫是大詩人，腦子裡裝的不是文學就是政治，和沒知識的平常人聊這些是聊不起來的，要是盡聊那些種田砍柴的事，悶也悶壞他了。

有人會問：「不對啊！另一位大詩人王維不是有一首〈終南別業〉，裡面不是說：『偶然值林叟，談笑無還期。』他們不就聊得挺愉快的？」話是沒錯，問題是前兩句詩：「行到水窮處，坐看雲起時。」那王維是走到深山裡，半天沒見到一個人，好不容易遇到一個講「人話」的，當然開心地忘了回家。

真正能夠和農夫樵夫盡情聊天的，恐怕只有陶淵明或孟浩然這類田園詩人才行，因為他們也下田，所以有共同的話題，一如孟浩然的詩：「開軒面場圃，把酒話桑麻」。然而，陶淵明也在〈移居〉詩裡提到「奇文共欣賞，疑義相與析」的樂處。說到底，文人可以有其他領域的好友，但還是要和文人交朋友才行。

古人認為，結婚要「門當戶對」，這種說法見仁見智，但交朋友要「門當戶對」，應該是有幾分道理的，不是嗎？

延伸思考

一．你最要好的朋友有哪些？你們平時聊的是什麼話題？

二．你認為交朋友要找個性相同的朋友好？還是要找個性互補的朋友好？結交這兩種朋友，分別有什麼好處？

引導作文

平均一天之內會說多少句話，每個人的差異都很大。不過，人在一生裡說過的話，往往是沒用的比有用的多，這一點應該會讓許多人深表同意。在你心中，哪些話是有用的？哪一次聊天是讓你感覺收穫豐富的呢？請以「一次難忘的談話」，描述你個人或你所聽到的聊天體驗。

談處世

一 瀟灑走一回

原文

(一) 鱗蟲❶中金魚，羽蟲❷中紫燕，可云物類神仙。正如東方曼倩❸避世金馬門❹，人不得而害之。

(二) 入世須學東方曼倩，出世須學佛印了元。

(三) 胸藏邱壑，城市不異山林；興寄煙霞，閻浮❺有如蓬島。

(四) 願在木而為樗❻（不才終其天年），願在草

注釋

❶ 鱗蟲：指魚類、爬蟲類等。

❷ 羽蟲：指鳥類。

❸ 東方曼倩：東方朔，字曼倩，西漢人。

❹ 金馬門：因古代官署門旁有銅馬，因此借指官署。

❺ 閻浮：指人所住的世界。

❻ 樗：音ㄕㄨ。樗樹因沒有用途而不被砍伐，得以安享天年。

而為著⑦（前知⑧），願在鳥而為鷗（忘機），願在獸而為廌⑨（觸邪），願在蟲而為蝶（花間栩栩），願在魚而為鯤⑩（逍遙遊）。

(五)當為花中之萱草，毋為鳥中之杜鵑⑪。

(六)為濁富⑫不若為清貧⑬，以憂生不若以樂死。

(七)風流自賞，衹容花鳥趨陪；真率誰知，合受煙雲供養。

(八)牛與馬，一仕而一隱也；鹿與豕，一仙而一凡也。

(九)蟬為蟲中夷齊⑭，蜂為蟲中管晏⑮。

(十)傲骨不可無，傲心不可有；無傲骨則近於鄙夫，有傲心不得為君子。

⑦著：音ㄕ。古人以著草占卜，預測未來。

⑧前知：預見未來。

⑨廌：音ㄓˋ。據說牠會判斷善惡，用頭上的角攻擊惡人。

⑩鯤：傳說中的大魚。據說會變化成鵬鳥，翱翔天際。

⑪杜鵑：鳥名，傳說為古代蜀帝被放逐後變化而成。古代文人多以杜鵑為悲傷的象徵。

⑫濁富：靠不正當的手段致富。

⑬清貧：清白而貧窮。

⑭夷齊：伯夷、叔齊。商朝時著名的隱者，因不食周粟而死。

⑮管晏：管仲、晏嬰。春秋時齊國的宰相，素有政聲。

聖嚴法師曾說：「面對它、接受它、處理它、放下它。」話中的「它」，可以指的是社會的黑暗或生活的困頓。歷史上有許多逃避亂世的人，如春秋時並肩耕作的長沮、桀溺等，他們選擇了遠離人群的方式，試圖找到一片寧靜的樂土。人們稱這些人為「隱士」，面對「隱士」，孔子曾感嘆地說：「鳥獸不可與同羣，吾非斯人之徒與而誰與？」他認為，人終究必須和他人產生聯繫，不能永遠與鳥獸為伍，無論對社會有多麼不滿，不和那些人在一起，又能和誰在一起呢？

逃避痛苦原是生物的本能，不是壞事，只是逃避痛苦之外，還得面對現實。現實是，逃避解決不了問題；現實是，逃得了一時，逃不了永遠。《論語》中記載了不少隱士的言行，他們大多嘲諷孔子的努力是徒勞無功。從他們的冷嘲熱諷中，可以看出，他們的心裡其實是痛苦的。

當一切做法都無法解決痛苦時，就只能用想法去適應痛苦。漢朝的東方朔曾說過：「避世金馬門。」意思是說，他雖然身在朝廷中，卻存著隱居的想法。前人說：「大隱隱於朝，中隱隱於市，小隱隱於野。」東方朔就是「隱於朝」的「大隱」。

東方朔雖然沒有明說，他是怎麼個「隱」法？但是他的生平給了後人清楚的答案。他的生平記載在《史記》的〈滑稽列傳〉中。滑稽就是詼諧，就是幽默，用詼諧幽默的方式，面對黑暗殘酷的現實，這就是東方朔「隱於朝」的訣竅。

天才卻與庸才同等待遇，這絕對是件痛苦的事。對此情形，東方朔並不怨天尤人，他只是一派輕鬆地拿一位矮個兒的庸才作文章，對皇帝說：「我個頭高，卻和矮個兒的人拿一樣多的米。矮個兒會撐死，我會餓死。」讓皇帝在噗嗤一笑中，給自己加了薪。

困境難以避免，不妨用輕鬆的心情去處理它或是接受它。西元二〇〇八年，中國汶川發生一場大地震，數萬人喪生。逃過一劫的災民在災區裡過著物資缺乏的生活，但記者進入災區採訪時，卻發現許多小孩子拿著竹片木棍，玩得正開心。即使是最黑暗的時刻，孩子的笑容總能帶來希望。

笑容是希望的源頭。面對困境時，人們如果能像孩子們一樣，擁有苦中作樂的本事，就不會放棄希望。只要希望還在，那麼，再大的困境，也都可能會有轉機。

延伸思考

一．近代文學家林語堂先生曾將英文的「**humor**」一詞譯為「幽默」。林語堂的文章也以「幽默」聞名，常讓人在會心一笑中，領悟人生道理。幽默不等於搞笑，搞笑只以逗人發笑為目的，本身不見得有更深刻的意義。有些文章或戲劇採幽默的手法來表現主題，有些文章或戲劇則以搞笑的手法來引人注目。請思考一下，你曾經看過的文章或戲劇，哪些是幽默，哪些則是搞笑？

二．《論語》說：「樂然後笑，人不厭其笑。」請想想看這句話是什麼意思，為什麼在開心時大笑，才不會讓別人覺得很討厭？

引導作文

有位將軍在準備上臺演說時不小心摔了一跤，士兵看了他的糗態，忍不住笑出聲來。他好整以暇地站起身，說了一句：「我想，我跌的這一跤，比任何言語都更能激勵士氣。」人都難免有出糗的時候，這時，妥善的處理方式可以化解當時的尷尬。請以「出糗的時候」為題，描述一件讓自己尷尬的事，並敘述自己的處理方式。

談處世（二）打抱不平的正義哥

原文

(一)胸中小不平，可以酒消之；世間大不平，非劍不能消也。

(二)聖賢者，天地之替身。

(三)閱《水滸傳》，至魯達打鎮關西❶、武松打虎，因思人生必有一樁極快意事，方不枉在生一場。即不能有其事，亦須著得一種得意之書，庶幾無憾耳。（如李太白有貴

注釋

❶魯達打鎮關西：軍官魯達因打抱不平，打死了惡霸鎮關西，被迫出家避禍。

❷足加帝腹：嚴子陵，是東漢光武帝劉秀的朋友。劉秀當了皇帝後，找來了隱居不出的嚴子陵，請他到宮中長談。當晚，兩人同睡一床，嚴子陵把腳擱在劉秀的肚子上，劉秀卻不以

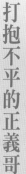

妃捧硯事，司馬相如有文君當爐事，嚴子陵有足加帝腹事❷，王之渙、王昌齡有旗亭畫壁事❸，王子安有順風過江作〈滕王閣序❹〉事之類。）

㈣酒可好不可罵座❺，色可好不可傷生，財可好不可昧心，氣可好❻不可越理。

為意。

❸旗亭畫壁：王之渙和王昌齡、高適一起到酒樓喝酒，三人相約，歌妓唱的如果是自己的詩，就在牆壁上作記號，而最美的歌妓唱的是王之渙的〈涼州詞〉。旗亭，酒樓。

❹順風過江作滕王閣序：王勃，唐朝文學家，曾在旅途中作了一個夢。夢中，水神告訴他要用順風送他一程。他醒來後，得到風力的幫助，很快就到了南昌，並在那裡寫下傳誦千古的〈滕王閣序〉。

❺罵座：酒宴中因醉酒而罵人。

❻氣可好：此處有放縱性情的意思。氣，指脾氣或個人性情。

魏晉南北朝的文人大多喜歡喝酒。他們平時和家人一起喝酒，和朋友一起喝酒，和不是朋友的人一起喝酒，甚至有時還和豬一起喝酒，像阮咸就是。至於喝酒的時機，那就有更多可能了。舉凡出遊、寫字、作文、談心等，無一不是喝酒的好時機。就算是辦喪事，對於阮籍這樣的人而言，還是不忘來上一杯。

有人認為，魏晉文士之所以愛好飲酒，一則為了避禍，再則為了消憂。有一回，掌權的司馬昭看中了阮籍的女兒，想找她來當媳婦，於是派人上門提親。阮籍不想答應這門親事，又惹不起司馬家，所以一連醉了兩個多月，直到提親的人無功而返為止。

藉酒避禍的成功例子不多，因為掌權者高興殺誰就殺誰，根本就不管對方有罪無罪，又怎麼會在意對方有醉沒醉呢？

魏晉名士王大評論阮籍說：「阮籍胸中壘塊，故須酒澆之。」事實上，喝再多的酒似乎也沒能發揮解愁消憂的功效。阮籍在母親過世時，不顧禁酒的禮俗，一連喝了三斗酒，還是止不住他心中的傷痛，隨著一聲悲號，咯出了數升的鮮血。

一個時代的悲劇要等到那個時代完全落幕後，才算真正完結。在天下太平之前，無助的人們只能仰望英雄俠士仗劍而起，掃蕩世間的不公不義。在武俠小說家金庸所著的《倚天屠龍記》中，表現的就是人民的這一種想法。

《倚天屠龍記》裡有一句：「武林至尊，寶刀屠龍。號令天下，莫敢不從。倚天不出，誰與爭鋒。」故事說的是南宋的郭靖及黃蓉兩位俠士將兵法和武功的精要分別封入刀劍中。刀以「屠龍」為名，寄寓著驅除異族君主的希望；劍以「倚天」為名，蘊藏著替天行道、為民除害的意涵。

俠客的仗義之舉，固然大快人心，但是替天行道的背後，卻往往帶來巨大的衝突。西元二〇〇四年，「白米炸彈客」楊儒門被捕，理由是他曾多次放置爆裂物，要求政府重視開放稻米進口後的農民生計問題。三年後，他獲得了總統特赦。

楊儒門的行為，引發了社會上許多討論的聲音，有人認同，也有人批評。不過，楊儒門在他的新書發表會上表明他不會再用炸彈引爆問題，而是用文字和誠意來解決問題。進步的社會就應該用進步的方法來解決問題，在逃避與抗爭之外，其實還存在著不少可以遵循的途徑，不是嗎？

延伸思考

一．到現在為止，你所遇到的最大挫折是什麼？當你遇到挫折的時候，採用的是什麼樣的態度去面對它？

二．對於現實，一般人或多或少都會有所不滿。在這種時候，你會選擇什麼做法？是忍受它？或是去改變它？還是有什麼不同的做法？

三．每個人都可以選擇自己對應生活的態度或方式，但是任何選擇都應該有其限度及原則，請思考自己如何面對自己的選擇。

引導作文

小孩子在跌倒中學會走路，一般人在挫折中學會做事。跌倒了以後，不試著站起來，就不可能學會走路；遇到挫折時，不試著打起精神，就不可能解決難題。

請以「重新站起來」為題，闡述面對挫折時應有的正面態度。

談處世 二

看你印堂發黑，不過卻是吉星高照

原文

(一)昭君以和親而顯❶，劉蕡以下第而傳❷，可謂之不幸，不可謂之缺陷。

(二)天下唯鬼最富，生前囊無一文，死後每饒❸楮鏹❹。天下唯鬼最尊，生前或受欺凌，死後必多跪拜。

(三)鏡不幸而遇嫫母，硯不幸而遇俗子，劍不幸而遇庸將，皆無可奈何之事。

注釋

❶昭君以和親而顯：漢朝的王昭君因到匈奴和親，因此揚名。

❷劉蕡以下第而傳：劉蕡，唐朝人，雖有文采，卻因抨擊宦官掌權，故不被科舉錄取。他因勇於挑戰宦官勢力而得到世人嘉許。下第，落榜。

❹楮鏹：音ㄔㄨˇ ㄑㄧㄤˇ。古代祭拜鬼神時所用的紙錢。

王參元是唐朝大文豪柳宗元的朋友。有一次，他家失火了，所有財產付之一炬。這時候，他收到了柳宗元捎來的一封信，信中大意如下：

「我聽一位朋友說，你家失火了。一開始我嚇了一大跳，後來仔細想了想，我覺得應該為你感到高興。

大家都知道，你是一個很有才華的人。問題就出在你家太有錢了，所以沒有人敢推荐你做大官。為什麼呢？因為只要一開口向皇上推荐你，就會被別人懷疑是拿了你給的好處，才會替你說好話。

現在，火災讓你破產了。這代表上天有意幫助你，想讓你有出頭的機會。從今以後，大家都可以放心地舉荐你，不用背負收受賄賂的嫌疑。你將來一定會大有前途……」

即使是在今天，柳宗元「幸災樂禍」般的論點，還是十分驚世駭俗，更甭提王參元收到信時會多麼震撼了。然而，柳宗元在信中所傳達的道理，和安慰人的俗語「塞翁失馬，焉知非福」相比，其實更加深切。

從前有一位塞翁，家裡走失了一匹馬，別人來安慰他，他說：「走丟了一匹馬，說不定是好事呢！」沒多久，那匹馬回來了，還帶來了另一匹馬，別人來祝賀他，他卻說：「多了一匹馬，說不定是壞事呢！」後來，他的兒子騎著那匹新馬，摔斷了腿，他認為是好事，結果兒子因為腿斷了，所以不用去當兵，保住了一命。

大家在引用「塞翁失馬」的典故時，多半只著重在前頭「焉知非福」的部分，對於「丟失了馬，找回馬，兒子摔斷了腿」這部分，就視而不見。事實上，故事如果到這裡戛然而止，那麼「塞翁失馬」，到底還是「禍」啊！

「因禍得福」的例子固然所在多有，「屋漏偏逢連夜雨」的事實也是屢見不鮮，遇到壞事之後，不一定就會碰見好事，世間的道理並不是這麼公式化的。在遭遇災禍時，與其用「焉知非福」的想法來面對，倒不如用「天將降大任於斯人也，必先苦其心志」的觀念來思考，在痛苦中找尋正面的意義，在痛苦中培養正確的態度。

現代作家劉俠在童年時得到了罕見疾病——類風濕性關節炎，終生受病痛折磨，但是她仍然勇敢地提起筆，以杏林子為筆名，寫下一篇篇動人的文章。她曾寫過一篇〈感謝玫瑰有刺〉，感謝病痛讓她學會謙卑與柔和。抱著這種態度去面對生活中所遭遇的一切，又怎麼會在順境中迷失？又怎麼會被逆境所擊倒呢？

延伸思考

一．歷史上曾發生過許多天災及人禍。這些災禍帶給人們痛苦，也讓世人見到了人性的光明面。例如：臺灣曾發生過的九二一大地震及納莉風災等，都曾發生過許多感人的故事。請試著從書本或網路等媒體找出類似的感人故事。

二．正所謂「危機就是轉機」，世上的禍福，往往視個人觀點而定。你最近曾遭遇到什麼不順利的事，請仔細思考看看，那件不順利的事帶給你什麼樣的啟示或教訓？

引導作文

莊子曾經說過：「知其不可奈何而安之若命，德之至也。」一般人在生命中所遇到的困境，有些時候是人力所不可避免的，有些時候則是可避免而只是沒有嘗試去避免。若是前者，則不妨認命，若是後者，則應該試圖改造命運。請以「認命與改運」為題，舉例說明在哪些情況可以認命，在哪些情況下應該造命？具體的做法又該如何？

談處世

四 閒閒不能沒事做

原文

(一)人莫樂於閒，非無所事事之謂也。閒則能讀書，閒則能遊名勝，閒則能交益友，閒則能飲酒，閒則能著書。天下之樂，孰❶大於是？

(二)文名❷可以當科第❸，儉德可以當財貨，清閒可以當壽考❹。

(三)能閒世人之所忙者，方能忙世人之所閒。

注釋

❶孰：音ㄕㄨˊ。哪些。

❷文名：善於寫詩文的好名聲。

❸科第：科舉的等第。

❹壽考：長壽。

(四)鳥聲之最佳者：畫眉⑤第一，黃鸝、百舌⑥次之。然黃鸝、百舌，世未有籠⑦而畜⑧之者，其殆⑨高士⑩之儔⑪，可聞而不可屈者耶。

(五)不治⑫生產，其後必致累人；專務⑬交遊，其後必致累己。

(六)閒人之硯，固欲其佳，而忙人之硯，尤不可不佳；娛情之妾，固欲其美，而廣嗣⑭之妾，亦不可不美。

⑤畫眉：鳥名。鳴聲嘹亮悅耳。

⑥百舌：鳥名。啼聲悅耳而多富變化。

⑦籠：關到籠子裡。

⑧畜：音ㄒㄩˋ。飼養。

⑨殆：大概。

⑩高士：指志趣、品格崇高的人。或指隱士。

⑪儔：類。

⑫治：從事，經營。

⑬專務：專心致力。

⑭廣嗣：多生子女。

傳說圍棋是堯所發明的。他發明圍棋的原因是為了讓兒子丹朱有事可做。丹朱是堯的長子，理應繼承堯的帝位，但是他的個性頑劣，不堪造就，所以堯就找人設計了一種遊戲給丹朱打發時間，免得他閒閒沒事，四處闖禍。圍棋就這麼被發明出來了。

古人把不做正事的人叫做無賴，視他們為社會秩序的破壞者。小說《水滸傳》裡的大反派高俅在發跡前就是個都市裡的無賴，平日所做的，都是些弄錢整人、惹是生非的勾當。在因緣巧合下，當上了高官，可是性子沒改，成天找梁山好漢的麻煩。林沖就是被他逼上梁山的。明代的魏忠賢也是無賴出身，後來跑去當太監，把持朝政，把明朝的天下搞得天昏地暗。

人不能成天躺著不做事，也不能整天做事不休息。偶爾休息休

息，絕對是一大樂事。不過，休息時也該從事一些正當的休閒活動才是。所謂的正當，指的就是別傷害別人，能讓自己在心靈或健康上有所長進，例如：看看書、打打球、爬爬山、聊聊天什麼的。

閒閒沒事做就容易做壞事，這是因為墮落比上進容易。提到閒閒沒事做，許多人會想到街頭的遊民，認為他們是社會問題的製造者。西元二〇〇八年，一群遊民攝影家舉辦了一場「底層流動／流浪的視界」攝影展。其後，他們又舉辦了多次攝影展，讓人們見到生活在社會底層的生活，也讓人了解到，遊民並不是閒閒沒事做的人，他們只是被大環境逼到都市的角落，而只能夠咬著牙忍受著社會的忽視與誤解。

努力工作卻得不到安定的生活，錯的是社會；強調努力而忽視了正當的休閒，錯的是教育還有環境。觀念的教育是不夠的，還須有環境的配合。高俅平常不學好，卻是個踢球高手。活在宋朝的他，不過是個無賴，就算當了大官，也不過是個當了大官的無賴。要是在現代，高俅應該會是個耀眼的運動明星，說不定還會被封個「大宋之光」的稱號。

好的休閒活動，可以讓自己從中得到成就感。就這一點而言，靠的不只是個人的努力，還要有社會環境的配合。在古代，工藝雕塑被視為「奇技淫巧」，更早之前，琴棋書畫還曾被稱作「玩物喪志」，時至今日，這些曾被否定的休閒活動都已被世人所肯定。再以電子競技活動為例，早些年，這類活動被視為不務正業的遊戲。西元二〇一二年十月，臺灣的選手擊敗了南韓選手，奪得了世界冠軍，政府立刻表示願意協助電競選手進軍運動會。因此，任一活動是否具備正面的意義，還得看大環境是否配合。

讓每個人能夠在各種不同的領域中，發揮所長，得到肯定，這才是理想的社會。

延伸思考

一．你平常的休閒活動有哪些？其中哪些是被他人視為「有用」的？哪些是被他人視為「沒用」的？

二．有哪一種被許多人視為「沒用」的休閒活動，在你眼中卻是「有用」的？你覺得它「有用」在哪裡？

三．工作需要規劃，休閒也需要規劃。你平常有沒有規劃自己的休閒活動？有的話，你是如何規劃的？沒有的話，你覺得應該如何規劃？

引導作文

孔子曾經說過：「雖小道，必有可觀者焉。」在世俗的眼中，休閒娛樂屬於「小道」，然而，唱歌、打球等雖屬於休閒娛樂領域，只要有人能在這些領域中發揮所長，得到成就，仍舊會贏得世人敬重的眼光。請以「有價值的休閒活動」為題，舉例說明你所知道的休閒活動及它的價值。

談處世（五）

什麼都有可能，什麼都不奇怪

原文

㈠黃九煙❶先生云：「古今人必有其偶雙。千古無偶者，其惟盤古❷乎？」予謂：「盤古亦未嘗無偶，但我輩不及見耳。其人為誰？即此劫❸盡最後一人也。」

㈡南北西東，一定之位也；前後左右，無定之位也。

注釋

❶黃九煙：黃周星，字景虞，號九煙。清初文人，喜歡猜謎，有「謎壇宗匠」之稱。

❷盤古：神話中天地的開闢者。

❸劫：梵語。「劫波」的略稱。佛教認為，天地經過一段時間就會完全消滅，然後重新開始，稱為「一劫」。

(三)先天八卦，豎看者也；後天八卦，橫看者也。

(四)蛛為蝶之敵國，驢為馬之附庸④。

(五)吾家公藝，恃百忍以同居⑤，千古傳為美談，殊不知忍而至於百，則其家庭乖戾睽隔⑥之處，正未易更僕數⑦也。

(六)九世同居，誠為盛事，然止當與割股廬墓⑧者作一例看，可以為難⑨矣，不可以為法⑩也，以其非中庸之道也。

④附庸：附屬的小國。

⑤恃百忍以同居：唐高宗經過張公藝的家，看到他家九代同堂，就問他為什麼。張公藝寫下一百多個「忍」字作為回答。

⑥乖戾睽隔：不和諧。

⑦未易更僕數：指數量很多，幾個人來輪流數都不容易數清楚。

⑧廬墓：為了守喪，而在墳墓旁搭建小屋居住的行為。

⑨為難：視為難得、不易做到。

⑩為法：視為常理。

據說這是一道測驗學齡前兒童的題目：「如果818等於四，119等於一，600等於三，那麼，749等於多少？」標準答案是一。你答對了嗎？

為什麼？因為8的形狀是兩個圈圈，9只有一個圈圈，6也只有一個圈圈。749裡頭只有一個圈圈，所以答案是一。

數字不一定只有加減乘除，數字也不一定要當數字看，它也可以當成一般的圖形來看。對於接受過數字基本知識的人而言，要這麼想並不容易，但是對於不認識阿拉伯數字的學齡前兒童，這麼想是再自然不過的。

在金庸所著的小說《俠客行》裡，主角石破天因為不認識石壁上的文字，而把一筆一畫看成經脈運行的指示線條，因而學會了絕世的武功。小說裡說：「換作一個學寫過幾十天字的蒙童，便決計不會順著如此的筆路存想了。」

學習可以讓人得到知識，使人從無知變為有知，沒有人可以否定學習的作用，但是，學習者也必須正視學習可能帶來的局限。莊子說：「吾生也有涯，而知也無涯。」知識本身是無限的，但是透過學習而得到的知識卻是片面而有限的，無論做再多的努力，人們對事物的認識絕非完全。人們只能夠試著從各種不同的角度去認識一件事，並虛心地承認其他可能性。

舉例來說，無知的小孩什麼都可能拿來吃，經過學習以後，他會知道，木炭是拿來煮食物的，食物可以吃，木炭不可以吃。然而，什麼都有可能。現今科技發達，經過特殊處理之後，木炭也可以是食物的添加物，它也可以吃。知道木炭不可以吃，這是一種進步，因為不會因此而鬧肚子疼。從知道木炭不可以吃，進而知道木炭可以吃，這又是一種進步，因為那代表著科技的邁進。

古人說：「難如登天。」現代則發明了飛機。有人認為水火一定不容，但是到過臺南的關子嶺，看過水火同源奇景的人，就一定不會再這麼說。世上的事物背後都有它的道理，掌握了知識，才能了解它的道理。不過，既然人不可能掌握所有知識，那麼，一切就有其他的可能。

孔子說：「君子於其所不知，蓋闕如也。」這句的意思並不是要人們把不知道的事情放下不管，是要人們別太武斷地否定其他可能性。有時候，從其他的可能去想事情，反而才能找到正確的答案。相信其他可能不僅是追求知識的基本態度，也是創造發明的起點。因為，相信一切都有可能，才能讓一切都變成可能。

延伸思考

一．科技讓許多古人的想像變成可能，例如電話的發明，可以使人和遠方的朋友交談。除了電話以外，你認為現代還有哪些發明，可以說是實踐了古人的想像呢？

二．有人強調想像力的重要性，有人認為不能常作白日夢。你認為想像力和白日夢一樣嗎？如果相同的話，兩者有什麼共同特性？如果不同的話，兩者有什麼相異之處？

引導作文

胡適說：「大膽的假設，小心的求證。」他也曾寫過一篇〈差不多先生傳〉，用以強調做事力求精細的重要性。美國哲學家愛默生說：「懷疑是科學的種子。」大膽、小心、精細、懷疑等，都可以說是科學精神的展現。試以「從科學精神開始」為題，說明科學精神的意義、價值及做法。

談修養

一 聖人做好事，也是做自己

原文

㈠無善無惡是聖人，善多惡少是賢者，善少惡多是庸人，有惡無善是小人，有善無惡是仙佛。

㈡何謂善人？無損於世者則謂之善人。何謂惡人？有害於世者則謂之惡人。

㈢不待教而為善為惡者，胎生也；必待教而後為善為惡者，卵生也；偶因一事之感

注釋

❶濕生：因為濕氣而形成的生命。

❷化生：單憑業力，無所依託而形成的生命。

❸日晷：一種以日影測量時間的器具。

❹立品：培養品德。

❺道學：探討道德心性的學問，又稱「理學」，盛行於宋朝。

觸，而突然為善為惡者，濕生也❶；前後判若兩截，究非一日之故者，化生也❷。

(四)凡物皆以形用，其以神用者則鏡也，符印也，日晷❸也，指南針也。

(五)立品❹須發乎宋人之道學❺，涉世❻須參以晉代風流❼。

(六)古謂禽獸亦知人倫，予謂匪獨❽禽獸也，即草木亦復有之。牡丹為王，芍藥為相，其君臣也；南山之喬，北山之梓❾，其父子也；荊之聞分而枯，聞不分而活❿，其兄弟也；蓮之並蒂，其夫婦也；蘭之同心，其朋友也。

❻涉世：做人做事。

❼風流：有才華而不拘禮法的作風，流行於魏晉，或稱「名士風流」。

❽匪獨：不只。

❾南山之喬，北山之梓：商子以南山的喬木和北山的梓木為譬喻，說明事奉父親的道理，於是後人用「喬梓」代稱父子。

❿荊之聞分而枯，聞不分而活：漢朝的田真兄弟要分家，打算把門前的荊樹一分為三，結果荊樹突然枯萎了。後來，他們決定不分家時，荊樹又突然活了過來。

因長年行善而獲得世人肯定的菜販陳樹菊女士曾說：「我只是一個小攤販，國小畢業，賣了近五十年菜，足跡幾乎不出台東，見識有限。我會做事情，但真的不會講什麼大道理。」和陳樹菊女士一樣被譽為「亞洲慈善英雄」的還有一位靠拾荒為生，而在三十三年內捐出四百多萬做善事的趙文正先生。他說：「我自己能力也沒有多好，拿一點錢幫助別人一下。」從他們的話裡可以知道，在這些「慈善英雄」的心中，行善不過是日常生活的一部分而已。

孔子曾經說過，他在七十歲的境界是「從心所欲，不逾矩」。換句話說，他在做好事的時候，也不過就是在做心裡想做的事罷了，壓根就沒想到自己正在做「好事」。對一位「聖人」而言，世人口中的「好事」，在「聖人」的心中，不過也是「平常事」而已。

當好事成為平常事，那麼，好人也就成為平常人了，所以先秦的道家思想認為，一個沒有好人的社會，才是最好的社會。舉例來說，如果所有人都習慣讓座給老弱婦孺，那麼，讓座也就成為一件沒什麼大不了的事了。在這樣的社會裡，即使有人起身讓座，恐怕也不會有人多看他一眼。道家思想嚮往的，就是這樣一個社會。

把「好事」當作「平常事」的聖人難得一見，但是人們總要立個偶像來當作效法學習的對象吧！於是人們把崇敬的眼光投向「仙」「佛」。「仙」「佛」是純然的「善」，連一絲「惡」的雜質都不容摻入。

既然有純然的「善」，那麼，有沒有純然的「惡」呢？當然有。就是那些唯利是圖的小人。他們無論做什麼事都要計算，計算做那件事對自己有什麼好處。他們做的事，就算是好事，也是出於不良的居心，不能算是好事。

聖人千載難逢，仙佛遠在天邊，小人藏在暗處，大部分的人都是平常人。平常人的特性是，好事總是做得比較少。倒也不是他們不想做好事，只是他們常把好事給做「壞」了。以被世人所詬病的「恐龍法官」為例，他們固守法條，脫離社會常識，自以為維護了法律的尊嚴，卻賠上了人民對法律的信心。

做好事需要道德，也需要能力。有能力的賢者，或許受限於外在條件，沒有辦法做好每一件事，但是他們能做的好事，遠大於做壞的事。更重要的是，他們即使做壞了，也會想方設法去彌補改進。社會最需要的是這一類的人。

延伸思考

一．有人認為，做人要修養自己。有人認為，做人要活出自己。請想想看，修養自己和活出自己有什麼關聯？兩者是相互矛盾的關係呢？還是相輔相成的關係？

二．「人非聖賢，孰能無過？」一般人既然不可能沒有過錯，不可能完全做好事，那麼人們應該放棄努力，不去積極做好事嗎？請想想看，努力做好事對自己及社會有什麼意義？

三．菜販陳樹菊因為善心助人而廣被稱揚。俗語說：「為善不欲人知。」請想想看，默默行善和宣揚好人善行這兩種情況有沒有矛盾？

引導作文

一個平常的人，即使努力做好事，也偶爾可能有壞念頭出現。社會再怎麼安定和諧，也難以避免偶爾有壞人出現。如果這個社會只有好人，或是只有壞人，可能會發生哪些事？請以「如果社會上只有好人」或是「如果社會上只有壞人」為題，發揮你的想像力，描寫一個只有好人或是只有壞人的社會景況。

談修養
二、吃甜的不妨摻點鹽，煮鹹的可以加些糖

原文

(一)楷書須如文人，草書須如名將，行書介乎二者之間，如羊叔子❶緩帶輕裘❷，正是佳處。

(二)少年人須有老成❸之識見，老成人須有少年之襟懷。

(三)養花膽瓶❹，其式之高低大小，須與花相稱；而色之淺深濃淡，又須與花相反。

注釋

❶羊叔子：羊祜，字叔子，晉朝人。

❷緩帶輕裘：本指腰帶寬大，皮衣輕軟，引申作態度安閒從容的樣子。

❸老成：老練、沉穩。

❹膽瓶：一種瓶頸細長而腹部大的花瓶，形狀近似人膽，所以叫膽瓶。

(四)武人不苟[5]戰，是為武中之文；文人不迂腐，是為文中之武。

(五)作文之法：意之曲折者，宜寫之以顯淺之詞；理之顯淺者，宜運之以曲折之筆；題之熟者，參之以新奇之想；題之庸[6]者，深之以關繫[7]之論；至於窘[8]者舒[9]之使長，縟[10]者刪之使簡，俚[11]者文[12]之使雅，鬧[13]者攝[14]之使靜，皆所謂裁制[15]也。

---

❺苟：隨便、任意。
❻庸：平凡。
❼關繫：有互相關係的事理。
❽窘：淺顯簡短。
❾舒：闡揚發揮。
❿縟：細碎繁多。
⓫俚：粗俗淺近。
⓬文：修飾。
⓭鬧：紛雜繁亂。
⓮攝：節制。
⓯裁制：斟酌剪裁。

許多人認為，寫字是文人的事，用兵則是武將的事，若要將兩者聯想在一起，非得絕佳的想像力不可。偏偏歷史就是能將想像化為現實，最會寫字的王羲之，剛好是一位將軍。他曾經擔任右軍將軍一職，後人稱他「王右軍」。

將軍的身分讓王羲之或有意或無意地把行軍打仗的要領帶入了草書。行軍打仗首重「奇」字，出其不意，才能克敵制勝。春秋時的宋襄公因為過度拘泥，非要得敵軍渡河布陣以後才開打，因而吃了敗仗，招來「迂腐」的罵名。寫起草書來，要是也過度拘泥，橫平豎直，一絲不苟，那就毫無趣味了。王羲之曾說，這種「狀如算子」的字「便不是書」，根本就不算是書法。

草書以「奇」為上，楷書則以「正」為主。「楷」本來是一種樹的名字。子貢曾在孔子的墳上種植楷樹，楷樹正直的樹幹，象徵著孔子堅貞的人格，為後世所景仰。謹守法度是文士的本分，也是楷書的準則。謹守法度不等於不知變通。楷書名家如褚遂良、趙孟頫等，在寫字時往往帶著些「行書」的流暢意味，以免寫來太呆板。

楷書要帶著點行書的趣味，猶如文士可以帶點俠氣；草書可以摻一些行書的感覺，一如武將可以做些雅事。羊祜、周瑜等儒將，在戰陣中也寫寫詩，彈彈琴，這些雅事雖無助於殺敵，但也能藉此抒解面對戰爭時的巨大心理壓力，又豈能視為無用之物呢？在繁忙的現代，不妨以文學、藝術等調劑心靈。

作家哲也說他的人生有三道光：「漫畫、電影、搖滾樂」，或許就是這三道光，讓他的文字變得有節奏，變得有畫面。那麼，其他人靠著接觸這三樣事物，就能變成一位優秀作家了嗎？卻也未必，每個人適合或欠缺的特質不同，沒有人能夠複製他人的成功。

傳統的八字算命用木、火、土、金、水這五種基本材料解釋人們的命運。這五種材料顯現出五項特質。這五項特質並非完全平衡，於是，金太少的要補些金，火太盛的要減些火。這種算命方式的準確性不得而知，但是這種追求平衡的概念卻值得參考。正所謂「過猶不足」，在許多情況下，太多或太少都不是好事，總是要平衡才好，這就是儒家所強調的「中庸」。

延伸思考

一．《韓非子》記載，西門豹的個性急躁，所以他佩帶著彈性差的熟牛皮（韋），藉此警惕自己做事要謹慎一些；董安的個性溫吞，因此他佩帶著彈性佳的弓弦（弦），藉此提醒自己做事要果斷一點。你的個性屬於何者？你認為應該如何調整自己才恰當？

二．個性相反的人可以當朋友，稱之為「互補」；個性相近的人也可以當朋友，稱之為「契合」。你的朋友中，以何種居多？請想想看，和這兩種朋友相處，有什麼不同的地方。

引導作文

改變自己要從認識自己開始。過去的人以十二種動物來闡釋命運與性格，稱為「十二生肖」。除了生肖所屬的動物以外，你認為哪一種動物最適合用來形容你的個性。這種動物有什麼優點及缺點？怎麼樣讓這種動物表現得更好？請以「我心中的那頭動物」為題，論述自己的個性及改進之道。

談修養

二 想要就別假裝不要

原文

㈠文人每好鄙薄[1]富人，然於詩文之佳者，又往往以金玉、珠璣、錦鏽譽[2]之，則又何也？

㈡高語[3]山林者，輒不善談市朝[4]。事審[5]若此，則當並廢《史》、《漢》諸書而不讀矣。蓋[6]諸書所載者，皆古之市朝也。

注釋

❶鄙薄：鄙視、輕視。

❷譽：稱讚。

❸高語：空泛地談論。

❹市朝：鬧市及朝廷，此泛指經濟、政治等方面的學問。

❺審：確實。

❻蓋：因為。

(三)萬事可忘，難忘者名心一段；千般易淡，未淡者美酒三杯。

(四)富貴而勞悴[7]，不若安閒之貧賤；貧賤而驕傲，不若謙恭之富貴。

(五)厭催租[8]之敗意[9]，亟[10]宜[11]早早完糧[12]；喜老衲[13]之談禪，難免常常布施[14]。

(六)妾美不如妻賢，錢多不如境順[15]。

(七)為濁富[16]不若[17]為清貧[18]，以憂生不若以樂死。

[7] 勞悴：疲勞憔悴。
[8] 催租：催繳租金或稅金。
[9] 敗意：敗壞興致。
[10] 亟：音ㄐㄧˊ。趕緊。
[11] 宜：應該。
[12] 完糧：交稅。
[13] 老衲：老和尚。
[14] 布施：施捨財物。
[15] 境順：環境順遂。
[16] 濁富：用不正當的手段致富。
[17] 不若：不如、比不上。
[18] 清貧：清白而貧窮。

很多人明明喜歡錢，卻又怕人知道。魏晉時代，有個名叫祖約的人。他很愛錢，常常花很多時間清點自己的財物。有一次，他沉迷在數錢的快樂之中，忘了自己與他人有約。當客人進門時，他的錢還沒數完，就趕忙把錢藏在背後，卻不知道對方早把他的一舉一動看在眼裡。事後，這件事傳了開來，世人都因此瞧不起祖約這個人。當時另外有個喜歡收集鞋子的阮孚，客人來訪時，他毫不隱瞞自己的喜好，反而贏得其他人的肯定。

有人說：「金錢是萬惡之源。」事實上，「貪財才是萬惡之源。」貪財意謂著以金錢為最高價值，以賺錢為唯一目的。因為貪財，才會不擇手段，大賺黑心錢。

金錢，可以用來買書學琴，也可以用來行善助人。有一回，堯到

華州巡視，華州的地方官祝福他：「希望陛下既長壽，又有錢，而且還多子多孫。」堯連忙推辭說：「不敢！這些事都會讓人產生困擾，還是算了。」華州的地方官說：「怎麼會呢？長壽的話，就順應時勢而活；有錢的話，就把財富分給別人；多子多孫的話，就讓他們多做一點事，多替社會奉獻一些力量。這麼一來，又有什麼好困擾的呢？」

人不可以靠不正當的手段賺錢，也不可以安於貧賤而不思進取。歷史上，顏淵和陶淵明的安貧樂道都是亂世使然。在那樣的亂世中，只有同流合污才能得到富貴，與其違背良心，他們寧可過著貧賤的生活，這是真正的清高。為了表示清高，而假裝不把錢當一回事，更是大可不必。

俗話說：「君子愛財，取之有道。」錢財不僅應該「取之有道」，也應該「理之有道」、「用之有道」。現代的觀念越來越傾向於及早培養孩子的理財觀念，不管他們手頭有沒有錢，有多少錢，都該讓他們學會管理自己所擁有的資源，並作有意義的運用。或許有人會說：「這麼早讓孩子向金錢看齊，好嗎？」理財不是向金錢看齊，理財只是讓他們完成日後夢想的一層臺階。許多父母明明期盼子女日後能夠賺大錢，卻不願他們太早接觸金錢，正如想學游泳卻不下水一樣，不是很矛盾嗎？

南宋詞人辛棄疾有一首〈西江月〉：「早趁催科了納，更量出入收支。乃翁依舊管些兒：管竹管山管水。」「催科了納」指的是交租交稅的問題，和金錢的出入收支有關。在追求山水田園的閒適生活之餘，詞人也得先處理好金錢的問題。誰說清高的雅士就不須理財呢？

延伸思考

一．有人說：「錢不是萬能。」請想想看，生活中有哪些事物是金錢買不到的？

二．有人說：「沒有錢是萬萬不能。」請想想看，生活中有哪些事物是不用金錢就可以買到的？

三．如果你中了獎，得到一大筆錢。人家問你想要做些什麼事，你會怎麼回答？

引導作文

馬克吐溫曾經說過：「如果懂得使用金錢，那麼你是它的主人；如果不懂得使用金錢，那麼它是你的主人。」金錢的價值無需強調，但是許多人卻不懂得如何使金錢發揮更高的價值。請以「善用手中的金錢」為題，論述使用金錢的正確態度與方法。

談天理

一 人間到底還是有秋天

原文

(一)春者，天之本懷[1]；秋者，天之別調[2]。

(二)春雨如恩詔[3]，夏雨如赦書[4]，秋雨如輓歌[5]。

(三)詩文之體得秋氣[6]為佳，詞曲之體得春氣[7]為佳。

(四)躬耕[8]吾所不能，學灌園[9]而已矣；樵薪吾所不能，學薙草[10]而已矣。

注釋

1. 本懷：原本的心意。
2. 別調：另外的想法。
3. 恩詔：降恩的詔書。
4. 赦書：赦罪的詔書。
5. 輓歌：哀悼死者的歌聲。
6. 秋氣：蕭瑟肅殺的氣氛。此指詩文的批評作用而言。
7. 春氣：萬物生長的活力。此指詞曲的抒情作用而言。

(五)律己宜帶秋氣，處世宜帶春氣。

(六)恥之一字，所以治君子；痛之一字，所以治小人。

(七)鏡與水之影，所受者也；日與燈之影，所施者也。月之有影，則在天者為受，而在地者為施也。

(八)五色[11]有太過，有不及，惟黑與白無太過。

8 躬耕：親自耕作。

9 灌園：指栽花、植草、種菜等工作。

10 薙草：除草。薙，音ㄊㄧˋ。割除。

11 五色：古人以青、赤、黃、白、黑為五色，此處指各種顏色。

古人認為，天地間存在著「生」與「殺」兩股力量。「生」的力量在春天彰顯，所以春天時花草萌芽；「殺」的力量在秋天展現，所以秋天時樹葉凋零。有人對此感到不平，認為生命如此美好，天地既然給了萬物生命，為什麼又要奪走它？在這樣的情緒中，不死的渴望油然而生。

有一回，齊景公在牛山遊玩時，忍不住嘆息：「人為什麼要死？」晏子大笑著說：「如果人不會死。那麼，古代的賢人到現在都還活著，哪裡輪得到你來當國君呢？」齊景公到底還是死了，晏子也死了，就連苦苦追求著長生不死藥的秦始皇、漢武帝也死了。晏子的笑聲彷彿在天地間迴蕩著：「沒有人可以不死！」

「生」與「殺」是大自然用以維繫生態秩序的重要力量。多年前，英國人將兔子引進澳洲。由於澳洲少了兔子的天敵，所以兔子越生越多，開始大量繁殖。有「生」無「殺」造成了生態的失衡，越來越多的兔子成了澳洲人的噩夢。天地的「殺」不是殘忍，而是為了讓「生」得到平衡。

「生」與「殺」的力量運用在人世，就是「德」與「刑」的措施。「德」的力量極為強大，它能夠使人在不知不覺中改過向善。雖然如此，有「德」無「刑」卻是行不通的。鄭國大夫大叔用「德」來統治人民，完全不用「刑」，結果鄭國的犯罪率立刻飆高，人民反而因此受到更大的痛苦。孔子評論這件事說：「寬以濟猛，猛以濟寬，政是以和。」意思是說，寬大和剛猛應該要互相調和，才能使政治安定。

近代人權主義興起，連受刑者的人權也逐漸受到重視。挪威因為重視受刑者的人權，所以在囚房裡安裝電視、冰箱等。舒適的囚房簡直可以和五星級飯店媲美。此外，奧地利也有豪華的監獄，有人甚至不惜犯罪，只為了能住進監獄。

監獄的存在本是為了維持社會的秩序，沒想到卻因此提高了犯罪率，這樣的結果看在謹守道德的人眼中，顯得格外諷刺。既然重視人權，那麼，根本就不要剝奪受刑者的自由人權，直接廢除監獄，豈不是更好？然而，再愚笨的人也知道這是不可行的。

如果走在路上，坐在家裡，都要擔心被偷、被搶、被殺，就沒有人權可言。換言之，社會和諧，才能保障多數人的人權。刑罰是為了維持社會的和諧而存在的，社會不和諧，就等於處罰所有人，這不是更沒有道理？

再從個人來看「處罰」這件事。做錯了事，遭到了處罰，心裡該想的是：「幸好這次的處罰是我所能承擔的。」有些年輕人因為無照駕駛而被警察抓，不高興當然是難免的，但若是出了車禍，只怕後悔也來不及了。真的到了那個時候，不知道他會不會想：「為什麼警察不抓我？爸爸不罵我？……」

延伸思考

一．近年來，社會上持續討論廢除死刑的問題，此外又有人重申「治亂世用重典」的觀念，主張加重刑罰以遏止犯罪。依你的觀點，比較同意哪一種主張？這兩種主張是否有調和的可能？

二．法治不能只有賞而沒有罰，教育也是。你認為把「賞」與「罰」的觀念應用在教育上，有什麼需要注意的事？

三．讚美能帶給人們信心，批評可以使人進步。人們需要讚美，也需要批評。請想想看，要用什麼態度去面對讚美？又要用什麼態度去面對批評？

引導作文

一顆小小的種子能夠長成一棵足以庇蔭許多人的大樹，落葉紛紛可以為新生的嫩芽提供養分。生命循環不已，而生命的力量總令人感動。請試以「生命的力量」為題，論述個人應該如何面對自己有限的生命及如何發揮生命的價值。

談天理

二 有一好，沒兩好

原文

(一)雨之為物，能令晝短，能令夜長。

(二)吾欲致書[1]雨師[2]：春雨宜始於上元節[3]後（觀燈已畢），至清明十日之內（雨止桃開），及穀雨節中[4]；夏雨宜於每月上弦之前，及下弦之後（免礙於月）；秋雨宜於孟秋[5]、季秋[6]之上下二旬[7]（八月為玩月勝境）；至若三冬，正可不必雨也。

注釋

1. 致書：送信。
2. 雨師：雨神。
3. 上元節：即元宵節。
4. 穀雨節中：指穀雨的節氣間。
5. 孟秋：初秋，農曆七月。
6. 季秋：晚秋，農曆九月。
7. 旬：十日為一旬。
8. 五日：指端午節。
9. 九日：指重陽節。

(三)一歲諸節；以上元為第一，中秋次之，五日[8]、九日[9]又次之。

(四)值太平世，生湖山郡，官長廉靜，家道優裕，娶婦賢淑，生子聰慧。人生如此，可云全福。

(五)十歲為神童，二十、三十為才子，四十、五十為名臣，六十為神仙，可謂全人矣。

(六)假使夢能自主，雖千里無難命駕[10]，可不羨長房之縮地[11]；死者可以晤對，可不需少君[12]之招魂；五嶽可以臥遊[13]，可不俟[14]婚嫁之盡畢[15]。

(七)天極不難做，只須生仁人、君子、有才德者二、三十人足矣。君一、相一、冢宰[16]一，及諸路總制撫軍[17]是也。

---

[10] 命駕：原指命令車夫駕車，此指拜訪。

[11] 長房之縮地：相傳東漢的費長房懂得縮地的法術，可以隨意到達遙遠的地方。

[12] 少君：漢武帝時的方士。

[13] 臥遊：原指憑想像到處遊玩，此指躺著就能遊歷天下。

[14] 俟：等。

[15] 婚嫁之盡畢：指兒女都已經嫁娶完畢。

[16] 冢宰：古官名。此指吏部尚書。冢，音ㄓㄨㄥˇ。

[17] 諸路總制撫軍：指地方首長。路，宋元時行政區域名。總制，總督。撫軍，巡撫。

導讀
實現所有願望的「王牌天神」

在民間信仰中，土地公是最具有親和力的神祇之一。舉凡工作、錢財、婚姻、子嗣等大事小事，人們都會上廟裡向祂祈求。有一個故事是這麼說的：有一個旅人向土地公許願：「這幾天我要出遠門，拜託不要下雨。」過了沒多久，一位農夫也來向土地公許願：「田裡的稻子快乾死了，這幾天拜託一定要趕快下雨。」聽了兩人的祈求，土地公暗自嘀咕，答應了旅人，農人可怎麼辦？幫忙了農人，旅人又該怎麼辦？這時，他的妻子土地婆出了一個主意：「那麼，早上不下雨，讓旅人路途順利。晚上下雨，讓稻子得到滋潤。」

土地婆的建議雖佳，幸好沒遇到晚上才出門的旅人，不然，恐怕還是解決不了問題。其實，就算神明能夠滿足每個人的願望，也不見得是件好事。西方有部電影《王牌天神》，電影裡的男主角暫時代理上帝的工作，負責傾聽每個人的祈禱。不料，他竟然一口氣同意了所

有人的祈求，讓許多人幸運中了獎券。結果，因為中獎的人太多，彩金不夠分配，所以釀成大暴動。

人世間的事極不容易讓每個人都滿意，這是因為每個人的立場都不相同，幫了一群人，可能就害了另一群人。政治措施尤其如此。商朝君主盤庚打算遷都到殷地，引發了許多人民的反對，因為那些人民不願意拋棄自家產業，遠走他方。盤庚權衡輕重，認為遷都到安全的地方才能讓百姓的生命財產得到保障，於是不顧反對的意見，堅持遷都，使商朝走向繁榮。

反對遷都的人民並不是反對讓商朝走向繁榮，他們只是不知道遷都的好處。盤庚發布公告，說明自己的做法，從而使反對的聲音降到最低。盤庚的做法很可以作為後世的參考。

人們往往不知道自己真正需要的是什麼。許多人只注意到眼前的利益，卻沒注意到獲取利益時必須付出的代價。國外電影《綠色奇蹟》中，男主角因為特殊的機緣而獲得世人夢寐以求的長壽，卻只能痛苦地看著身邊的人一個個先他而去。對他而言，長壽不是好事，反而是噩夢。香港有一首老歌〈事事未滿足〉：「落到地獄就想做閻王，做了閻王又怕孤獨。」正所謂「高處不勝寒」，古代的帝王擁有了天底下最高的權勢與富貴，卻往往以「孤」、「寡」自稱，這不僅僅是謙詞，恐怕也是他們心裡最深沉的感受。

閩南語有一句諺語：「有一好，沒兩好。」世上沒有絕對完美圓滿的事，既然如此，學習面對生命中的不圓滿，其實是每個人必須面對的課題。

延伸思考

一．如果能夠讓你實現一個願望，你最希望實現哪一個願望？這個願望實現以後會讓你有哪些改變？

二．「父子騎驢」是一個古老的寓言故事：父親騎在驢子上就被說成不照顧兒子，兒子騎在驢子上就被說成不孝順父親，父親和兒子一起騎在驢子上就被說成不愛護動物，父親和兒子都不騎驢子就被說成不懂得利用資源。如果是你，你會怎麼做？為什麼？

引導作文

人們都有想做的事，這個時候就是「希望」。人們也可能面對不如意的情況，這個時候就會「失望」。有些人因為害怕「失望」，所以不敢抱持「希望」。你認同這種想法嗎？還是你有更好的見解？請以「從希望到失望」為題，論述你對二者的看法。

談天理

三 把東西放好，別讓它掉下去

原文

㈠臭腐化為神奇，醬也、腐乳[1]也、金汁[2]也，至神奇化為臭腐，則是物皆然。

㈡擲陞官圖[3]，所重在德，所忌在贓，何一登仕版[4]，輒與之相反耶？

㈢「貧而無諂，富而無驕[5]」，古人之所賢也；貧而無驕，富而無諂，今人之所少也。足以知世風之降矣。

注釋

1. 腐乳：或稱「豆腐乳」，一種由黃豆加工而成的食品。
2. 金汁：一種由糞便製成的中藥。
3. 陞官圖：賭博遊戲的一種。
4. 仕版：此指官場。
5. 貧而無諂，富而無驕：雖然貧窮卻不會巴結逢迎，雖然富貴卻不會妄自尊大。語出《論語

(四)唐虞之際，音樂可感鳥獸⑥，此蓋唐虞之獸，故可感耳。若後世之獸，恐未必然。

(五)水為至污之所會歸⑦，火為至污之所不到。若變不潔為至潔，則水火皆然。

(六)《水滸傳》，武松詰⑧蔣門神云：「為何不姓李？」此語殊妙。蓋姓實有佳有劣：如華、如柳、如雲、如蘇、如喬，皆極風韻。若夫毛也、賴也、焦也、牛也，則皆塵於目而棘於耳者⑨也。

(七)物之穉⑩者，皆不可厭，惟驢獨否。

・學而》。

⑥ 音樂可感鳥獸：《尚書》中為了強調音樂感人，有「百獸率舞」、「鳳皇來儀」等說法。

⑦ 會歸：聚集。

⑧ 詰：音ㄐㄧㄝˊ。質問。

⑨ 塵於目而棘於口：指不好看又不好聽。塵，染汙。棘，刺。

⑩ 穉：音ㄓˋ。幼小，通「稚」。

朝代沒有不滅亡的，就像人沒有不死的。問題是，有人橫死街頭，有人壽終正寢，這中間的差別，就不可以道里計了。

歷史上，秦朝就有點像橫死街頭的朝代。春秋戰國時的秦國，採用法家那一套富國強兵的道理，國家一下子像打了生長激素似的迅速強大了起來。其實不只是秦國，齊、楚、燕、韓、趙、魏等六國，也都爭著打生長激素，只是效果沒秦國好就是了。歷史，這位買主似乎一直拿不定主意該選哪家黑心貨，春秋戰國就這麼亂著。

歷史到底還是選了秦國這個看起來比較肥的，但結果就是秦朝在十五年以後暴斃。朝代的興衰問題可以從市場買菜的角度理解。憑良心種的有機蔬菜，通常沒有噴農藥的好看，若是加上漂白等人工處理，賣相就更好了。問題是吃下去對健康會有很大的影響。

有些商人會說，經過處理的東西比較好賣啊！這就提到了孟子所談的「義」和「利」的問題。好不好賣是「利」的問題，而賣的東西會不會害人則是「義」的問題，也就是道德問題。

像漢朝、唐朝、宋朝這些比較強盛的朝代，無不重視道德問題，所以漢朝獨尊儒術，唐朝推崇《孝經》，宋朝提倡理學。各個朝代重視的角度固然有所不同，但都不會像曹操那樣發表〈舉賢勿拘品行令〉，公然表示不必理會道德問題。後來，在很長的一段時間裡，世人對曹操的評價都很差，大概和他的公開說法不無關係。

俗語說：「人無橫財不富，馬無夜料不肥。」靠不正當的手段掙錢，似乎比較容易。問題是，社會上完全不需要這類黑心商人，一旦人們把財富的價值放在道德之上，無形地就是在鼓勵這類黑心商人，使他們認為，只要賺夠了錢，就能贏得尊敬，有沒有道德又算得了什麼呢？

「彼竊鉤者誅，竊國者為諸侯，諸侯之門，而仁義存焉。」這是莊子筆下的亂世。在亂世之中，犯些小錯就會被處罰，但若是靠不正當的手段，得到了權勢財富，別人反而會大加稱讚。在太平盛世中，人們只會尊敬那些靠著正當手段升官發財的人，在亂世中，人們則是只看地位，不問手段。社會應該走盛世的路，而不是走亂世的路。

道德的價值不是用錢來衡量的，可是，錢的價值卻可以用道德來評估。簡單來說，靠著不道德而賺來的錢，一點價值也沒有。

延伸思考

一．工作時要本著良心，這就是所謂的「職業道德」。你認為在現今的社會上，職業道德這個觀念有什麼重要性？

二．有個寓言故事說，有一個人把中了獎的彩券綁在賴以維生的扁擔上。過了一會兒，又因為嫌扁擔礙事而把它丟到水中，卻忘了彩券還在上頭。如果把彩券比喻成賺大錢，你認為哪一項道德最有資格被比喻成扁擔？為什麼？

引導作文

道德其實不是什麼遙不可及的境界，只是在做人做事上應該遵守的大原則而已。古代和現代的風俗文化不同，做人做事的原則自然會有差異，但是有些道德原則是不變的。請以「舊時代的新道德」為題，論述你對道德的看法。

談天理

四 拜拜就是求個心安

原文

(一)孔子生於東魯，東者生方，故禮樂文章，其道皆自無而有；釋迦生於西方，西者死地，故受想行識，其教皆自有而無。

(二)由戒得定，由定得慧，勉強漸近，自然鍊精化氣，鍊氣化神，清虛有何渣滓？

(三)予嘗謂二氏不可廢，非襲夫大養濟院❶之陳言❷也。蓋名山勝境，我輩每思褰裳❸就之，

注釋

❶大養濟院：明代陳繼儒稱佛教為大養濟院，意指收容救助貧困孤苦人民的地方。

❷陳言：舊說。

❸褰裳：拉起衣襟的下襬。褰，音ㄑㄧㄢ。提起。

使非琳宮梵剎④，則倦時無可駐足，飢時誰與授餐？忽有疾風暴雨，五大夫⑤果真足恃乎？又或邱壑深邃，非一日可了⑥，豈能露宿⑦以待明日乎？虎豹蛇虺⑧，能保其不人患乎？又或為士大夫所有，果能不問主人，任我之登陟⑨憑弔而莫之禁乎？不特⑩此也，甲之所有，乙思起而奪之，是啟爭端也。祖父之所創建，子孫貧，力不能修葺⑪，其傾頹之狀，反足令山川減色矣。然此特就名山勝境之耳，即城市之內，與夫四達之衢⑫，亦不可少此一種。客遊可作居停⑬，一也；長途可以稍憩⑭，二也；夏之茗，冬之薑湯，復可以濟⑮役夫負載之困，三也。凡此皆就事理而言之，非二氏福報之說也。

④琳宮梵剎：琳宮，道觀。梵剎，佛寺。

⑤五大夫：指松樹。傳說秦始皇曾經因雨而躲在松樹下，為了表示感謝，封松樹為五大夫。

⑥了：結束。

⑦露宿：露天過夜。

⑧虺：音ㄏㄨㄟˇ。毒蛇。

⑨陟：音ㄓˋ。登山。

⑩特：只。

⑪修葺：修理、整理。葺，音ㄑㄧˋ。

⑫四達之衢：指交通要道。衢，音ㄑㄩˊ。大路。

⑬居停：寄住或歇腳的地方。

⑭憩：音ㄑㄧˋ。休息。

⑮濟：救助。

一提到反對佛教的名人，許多人就會想到寫〈諫迎佛骨表〉的韓愈。他是儒家的信徒，反對外來佛教的立場十分鮮明。西元八一九年，他聽到唐德宗打算迎接佛陀遺骨進京供養，於是上了一道勸阻的奏章，也就是〈諫迎佛骨表〉。

有些人會以為，唐德宗有他的信仰自由，韓愈何必干預？更何況，當時的人對宗教的態度比較寬容，即使貴為皇帝，也很少阻止百姓信仰不同的宗教。問題是，「上有所好，下必甚焉」，皇帝既然重視佛教，為了表示忠心耿耿，百官萬民當然要更加虔誠才行。

虔誠沒辦法量化，但是香油錢可以。建築寺廟、塑造佛像、供養和尚，錢自然是不可以少的。唐德宗迎接佛骨的盛大排場已經做了示範，大家當然要比照辦理。總之，花越多錢，就代表越虔誠。世上的神棍者流，最喜歡的就是這種心態。

唐德宗迎接佛骨的時候，國家才剛平定了一場為禍多年的安史之亂，那時也正是財政吃緊的時候。國家經濟好的時候，唐德宗拿些錢出來促進貨幣交流，再節儉的官員即使不同意，也不好意思大聲唱反調，可是當許多百姓餓肚子時，看到皇帝拿著國家的錢去支持個人的信仰，有良心的官員就不免要囉嗦個幾句了。

韓愈就是這麼一位有良心的官員，更重要的是他看出唐德宗的私心。唐德宗對佛教採取的是一種賄賂的心理。他拿錢出來給佛教，佛陀理應保佑他事事如意，長命百歲。韓愈可能不是很懂佛教的道理，但是他也看得出唐德宗迷信心理的不當，於是他舉出梁武帝的例子，說他雖然信佛，卻還是活活餓死。

這個例子貼切到刺中唐德宗的痛處。唐德宗若是肯正視韓愈的意見，說不定會對佛理有更深層的思索。畢竟，禪宗的達摩大師就曾經說過，梁武帝的造寺鑄佛「並無功德」。達摩大師的話有其更深的意涵存在，不能只從字面的意思去了解，然而，即使是只看字面意思，也知道佛教的道理並不是像唐德宗所想的那麼膚淺。

佛教、儒家，乃至世上許多其他的宗教，都很重視「心」的問題。許多宗教及哲學認為，心靈的安頓比物質的享受重要。在現代的社會中，不乏唐德宗這類想以金錢「賄賂」宗教的人，不管他們打算「賄賂」的宗教是什麼，其實都該想想達摩大師對他的徒弟所說的這句話：「將心來，與汝安。」——把心拿過來，我替你把它安頓好。

延伸思考

一・你有宗教信仰嗎?有的話,你信仰宗教的理由是什麼?沒有的話,你不信宗教的理由又是什麼?

二・當你覺得心中不安、無所適從的時候,你會怎麼做?當你這麼做了以後,不安有沒有減少或消失?

三・社會上曾發生過多次神棍騙財騙色的案件,你認為怎麼樣才可以避免受害?

引導作文

有位宗教界人士說,寧可沒有信仰,也不能迷信。失去理性的崇拜某種事物,就是迷信。迷信不限於宗教,也可能是迷信科學,迷信權威……。請以「理性與迷信」為題,詳細論述理性和迷信之間的不同。

談藝術一 留存美麗的回憶

原文

(一)古之不傳於今者，嘯❶也，劍術也，彈棋❷也，打球也。

(二)斗方❸止❹三種可存：佳詩文一也，新題目二也，精款式三也。

(三)觀手中便面❺，足以知其人之雅俗，足以識其人之交遊。

注釋

❶嘯：撮口長呼。

❷彈棋：一種古代的遊戲。兩個人各持數枚棋子，分別彈擊對方的棋子，彈中就可取走棋子。先取完對方棋子的人獲勝。

❸斗方：書法作品形式之一，長寬大約相等。

❹止：通「只」。

❺便面：指摺扇或團扇等。

(四)如何是獨樂樂？曰鼓琴；如何是與人樂樂？曰弈棋；如何是眾樂樂？曰馬弔[6]。

(五)我不知我之生前，當春秋之季，曾一識西施否？當典午[7]之時，曾一看衛玠[8]否？當義熙之世，曾一醉淵明否？當天寶之代，曾一睹太真否？當元豐之朝，曾一晤東坡否？千古之上，相思者不止此數人，而此數人則其尤甚者，故姑舉之，以概其餘也。

(六)我又不知在隆萬[9]時，曾於舊院中交幾名妓？眉公[10]、伯虎[11]、若士[12]、赤水[13]諸君，曾共我談笑幾回？茫茫宇宙，我今當向誰問之耶？

[6] 馬弔：盛行於明末的牌戲。

[7] 典午：指晉朝。

[8] 衛玠：晉朝美男子，只要一出門，就會引來眾人圍觀，後來病死，人們都說他是被「看死」的。

[9] 隆萬：明朝隆慶和萬曆年間。

[10] 眉公：指陳繼儒。明代文學家，擅長書法、繪畫。

[11] 伯虎：指唐寅，明代文學家，擅長書法、繪畫。

[12] 若士：指湯顯祖，明代戲曲家，編有《牡丹亭》等劇。

[13] 赤水：指屠隆，明代文學家、戲曲家。

武俠片裡的俠客大多佩劍，好像不如此就不足以顯示他們的瀟灑帥氣。事實上，就武術實用價值而言，劍早已被刀所取代。武術界有句話說：「百日刀，千日槍，萬日劍。」意思是說，一百天就可以學會刀的使用方法，一千日就可以學會槍的使用方法，可是要一萬天才可以學會劍的使用方法。近戰學會了刀，遠戰學會了槍，還有多少人耐煩學那難練難精的劍呢？

明朝末年，有一位武術家名為吳殳。他自負武功高強，卻敗在漁陽老人的劍下。漁陽老人把劍術傳給了他，並告訴他：「此技世已久絕。」換言之，真正高明的劍術早在明朝末年就已經失傳大半了。吳殳為了留下這門技藝，於是把他所學的劍術，記錄在他所撰寫的著作《手臂錄》中。由於《手臂錄》流傳至今，後人才可以從前人的書中窺見古人高妙劍術的一二。

除了劍術以外，「嘯」也是一門失傳的技藝。魏晉時的阮籍以「嘯」這門技藝聞名。據說他的「嘯」能夠傳到遠處，「聲聞數百步」。有些學者研究後，認為「嘯」的技藝近於現在的「吹口哨」，但是仍有疑義，至今沒有共識。後人只能從文字的紀錄中，想見前輩高人的丰采。

凡是能帶給別人感動的，都是好東西。即使時過境遷，曾經有過的感動也值得珍藏。人生如此，歷史也是如此。

台灣文學家洪醒夫曾寫過一篇小說〈散戲〉。小說中的主角秀潔是一位歌仔戲演員，她因為另一位演員阿旺嫂賴掉一場戲而大發雷霆。在爭執過程中，她與團長發現，彼此不得不正視觀眾越來越少的問題，團長也終於下決心解散劇團，各奔前程。

小說的背景在民國六十年代中期，那時歌仔戲正由興盛走向沒落。小說中的窘境正是當時許多歌仔戲團面對的實況。所幸，歌仔戲及時走入電視等傳播媒體，再度發揚光大。後來更走上國家劇院等大型舞台，憑著它獨特的魅力，感動了無數的觀眾。

時代的變化極其迅速，美好的傳統未必能夠趕上時代的變化，然而，這並不代表它們就該被時代所淘汰。花些心思，留住那些美好的傳統，有朝一日，或許就能重拾那些美好的回憶，或是賦與它們全新的價值。藝術如此，文學也是如此。

延伸思考

一．在物質條件還未十分發達的年代，就有許多人發揮想像力，設計各式各樣的童玩。你知道哪些古老的童玩？除了親自體驗傳統童玩的趣味外，你是不是也能發揮想像力，設計新的童玩，或是發明全新的玩法呢？

二．書法被視為傳統藝術之一。有些人認為它已是過時的東西，應該加以淘汰。有些國家，如日本、韓國等，卻因為它的藝術表現方式極為特殊，有心加以推廣。請想想看，你應該用什麼樣的態度去面對書法等傳統藝術呢？

引導作文

古代的教育家孔子十分重視傳統，他認為傳統必須加以守護，所以他：「述而不作。」強調繼承傳統的重要性。哲學家韓非子非常重視創新，他說了一個「守株待兔」的寓言，認為固守傳統就像守在樹下等兔子自投羅網一樣愚昧。

試以「傳統與創新」為題。說明傳統與創新各自有什麼樣的價值，並進一步探究如何調和二者之間的關係。

談藝術（二）

傻子？瘋子？藝術家！

原文

(一)花不可以無蝶，山不可以無泉，石不可以無苔，水不可以無藻❶，喬木❷不可以無藤蘿❸，人不可以無癖。

(二)情必近于癡而始真，才必兼乎趣而始化。

(三)情之一字，所以維持世界；才之一字，所以粉飾乾坤。

(四)曰癡、曰愚、曰拙、曰狂，皆非好字面，而人每樂居之；曰奸、曰黠❹、曰強、曰佞❺，反是❻，而人每不樂居之。何也？

注釋

❶藻：水草名。

❷喬木：高大的樹木。

❸藤蘿：指蔓生類植物。

❹黠：音ㄒㄧㄚˊ。狡猾。

❺佞：音ㄋㄧㄥˋ。原指口才好，後指花言巧語。

❻反是：然而、不過。

日本小說家山崎豐子的作品《白色巨塔》因為披露醫界內幕及剖析黑暗人性而獲得極大的回響，該部小說曾多次改編為電視劇。除了《白色巨塔》外，山崎豐子也有不少作品因為受到關注而被改拍為戲劇，如《華麗一族》、《不毛地帶》等。山崎豐子曾自述創作的心路歷程，她認為自己有一種「調查癖」，無論遇到什麼問題，總要查個水落石出才甘心，有時為了調查真相，甚至把創作一事拋到腦後。

山崎豐子的作品之所以成功，和她對調查真相的執著有著密不可分的關係。由於她一絲不苟的執著，使得作品更加深刻而生動。在中外的歷史上，在創作上有著無比執著的人並不只有山崎豐子一人。

唐代詩人賈島以「苦吟」著稱，他曾經花了三年的時間，寫下兩句詩，並因而激動地說：「兩句三年得，一吟雙淚流。」他也曾經為了一句詩應該用「推」字或是「敲」字，而衝撞了大官的車駕。幸好

那位大官恰是大詩人韓愈，這才留下了「推敲」一詞的佳話，換成其他心眼小的官吏，賈島的命運可就難以預料了。

除了賈島之外，另一位詩人李賀對創作的執著也令人咋舌。他經常騎著驢外出找靈感，一有靈感就寫下來丟進袋子裡，再花一整夜的時間整理作品。他執著到連母親都看不下去，屢屢勸阻。後來他不到三十歲就英年早逝了，有人認為他是因為創作而耗盡了精神。不過，也有人認為他本就體弱，因為想在有限的生命中燃燒出耀眼的光芒，所以才會如此執著。

寫小說的人有寫小說的執著，寫詩的人有寫詩的執著，寫書法的人也有寫書法的執著。東漢時有位文人趙壹曾經描述過當時書法家對寫字的執著。他說，那些書法家衣服的領子、袖子乃至嘴唇、牙齒全是黑的，他們聚在一起時，也沒有心思聊天，只顧著在地上、牆上畫字，就算破皮流血，也不肯罷休。

趙壹的說法應該沒有誇大，比起把池水染黑的張芝，或是日寫三萬字的康里子山，東漢那些書法家對書法的痴迷程度，只怕尚有不及。據說唐代書法家歐陽詢曾經為了仔細欣賞路旁一塊石碑上的字，因而在石碑下餐風露宿了三天。

對某件事物的過度執著被稱為「癖」。若依凡事不宜過度的角度來看，「癖」似乎不是件好事，然而，藝術有時和理智是對立的關係。若是那些文學家或藝術家不是那麼執著，或許就不會得到極高的成就，也不會為後世留下許多有趣的佳話了，不是嗎？

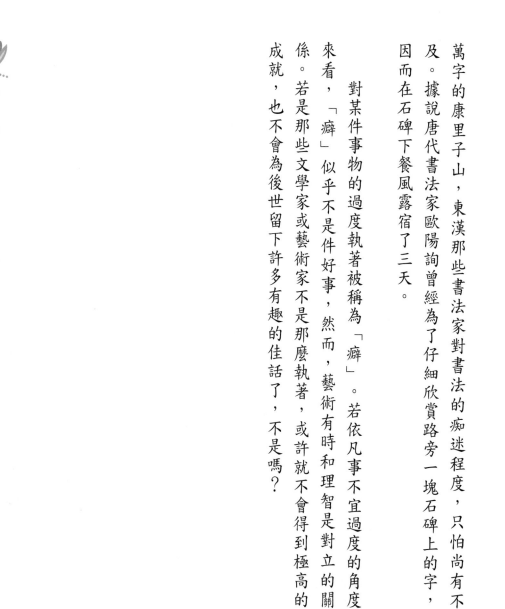

延伸思考

一．每個人或多或少都有自己特別喜愛的事物，也就是所謂的「癖」。有些「癖」無傷大雅，有些「癖」會妨礙正事，有些「癖」則可能會影響到他人的權益。請想想看，你有哪些特殊的癖好？哪些癖好值得全心投入？哪些癖好應該壓抑甚至戒除？

二．許多人認為天才和瘋子只有一線之隔。畫家達利說：「我和瘋子的唯一差別在於我沒有瘋。」事實上，許多藝術家因為對藝術過於痴迷而被視為瘋子。請想想看，我們應該用什麼樣的態度去看待那些被視為瘋子的天才。

引導作文

《中庸》說：「中庸：『誠之者，擇善而固執之者也。』」意思是說，對於正確的事，就應該有所執著。試以「生命中的執著」為題，舉例說明哪些事情應該全心投入，或是以自身經驗為例，記敘自己曾有的堅持。

談藝術（三）

沒有藝術的話，做人就不夠有趣了

原文

㈠昔人云：「若無花月美人，不願生此世界。」予益一語云：「若無翰墨❶棋酒，不必定作人身❷。」

㈡蝶為才子之化身，花乃美人之別號。

㈢樓上看山，城頭看雪，燈前看月，舟中看霞，月下看美人，另是一番情境。

㈣目不能識字，其悶尤過於盲；手不能執

注釋

❶翰墨：指文章或書法。

❷人身：人的身體。

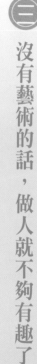

管③，其苦更甚於啞。

(五)有青山方有綠水，水惟借色於山；有美酒便有佳詩，詩亦乞④靈於酒。

(六)文章是案頭⑤之山水，山水是地上之文章。

(七)文章是有字句之錦繡⑥，錦繡是無字句之文章；兩者同出於一原。姑即粗跡⑦論之，如金陵、如武林、如姑蘇，書林⑧之所在，即機杼⑨之所在也。

(八)不得已而諛⑩之者，寧以口，毋以筆；不可耐而罵之者，亦寧以口，毋以筆。

(九)無益之施捨，莫過於齋僧⑪；無益之詩文，莫甚於祝壽。

---

③執管：拿筆寫字。執，拿、持。

④乞：向人索討。

⑤案頭：書桌上面。

⑥錦繡：美麗的絲織品。

⑦粗跡：大概的方面。

⑧書林：藏書很多的地方。

⑨機杼：織布機。杼，音ㄓㄨˋ。織布機上的梭子。

⑩諛：巴結奉承。

⑪齋僧：供養僧人。齋，音ㄓㄞ。捨飯給僧人或道士。

近代美術史學家李霖燦先生在故宮博物院任職時，一位德國畫家向他提出要求：「我只能在這裡待一個小時，請介紹一件最具有啟發性的作品讓我看。」李霖燦先生立刻請他看唐代書法家懷素的作品〈自敘帖〉。〈自敘帖〉是用草書寫成的。筆劃簡省，筆勢連貫，龍飛鳳舞，參差錯落，就連學過幾年書法的人都不易辨認字形字義，更遑論那位不認識漢字的外國畫家了。然而，那位畫家卻看得目不轉睛，並且很有自信地說：「我完全明白這位創作者的想法。」

跨越時間與空間的限制，讓千年後的西方人了解千年前東方人的想法，這是藝術的力量。藝術用各種媒材、各種形式，存在於每個時代、每個地方。以雕塑而言，南太平洋的復活節島有巨石像，遠古的三星堆文化有青銅像，就連美國紐約也在一百多年前豎起了巨大的自由女神像。就繪畫而言，有水墨畫、有水彩畫、有油畫、有素描、有粉彩……此外，還有詩歌、建築、舞蹈、攝影等藝術形式。直到現代，仍有人試著用電腦、食材、機器零件、甚至一般廢棄物來開發新的藝術創作方式。

沒有人知道藝術誕生的真正原因。雖然學者提出了許多說法，但是都沒有決定性的證據或理由，無法證明該說法就是唯一的真理。且把解釋留給學界，事實留給世人。事實是，就像人渴了會想喝水，餓了會想吃飯，藝術來自於人們對於「美」的渴求。

一般動物們也有審美的能力，所以孔雀以開屏來求偶，蝴蝶以舞姿來求偶，動物求偶的方式無非就是「力」與「美」兩者。拋開前者不談，能夠以各種方式創作「美」的人類，真可說是得天獨厚了。

佛教認為：「人身難得。」從藝術的角度來看，確實如此。一般動物只有固定的毛皮，人類卻有變化無窮的衣服；一般動物只有固定的叫聲，人類卻有歌聲、語言、文字，可以用來歌誦天地間的大美。

食、衣、住是人類的物質需求，美則是人類的精神需求。先秦哲學家墨子主張反對音樂，因為音樂無法滿足人們的物質需求。照這種邏輯推論下去，繪畫、舞蹈、文學等似乎也都在廢除之列，如此一來，人生就未免太過單調了，有多少人能忍受這種單調至極的生活方式呢？因此，墨子的這項主張招致了不符合人性的批評。理論畢竟只是理論，若有人用自己的人生去實踐這種理論，每日裡以賺錢為唯一目的，把自己活成枯燥的生產工具，那就太無趣了。

延伸思考

一．你曾經接觸過哪一類藝術？你到過藝術的展覽場所嗎？在你的心目中，理想的藝術展覽場所應該是怎麼樣的？

二．舊時的小學課本裡有這麼一段話：「不能看的人是瞎子，不識字的也是瞎子。瞎子苦，不識字的也苦。」在今天，不識字的文盲已經大為減少，但是語文能力不好的人卻仍有不少。你認為，語文能力不好會帶來什麼不方便？

三．世上有好作品，也有不好的作品。你覺得不好的作品有沒有價值？如果沒有，理由為何？如果有，它的價值在哪裡？

引導作文

美在哪裡？也許在皎潔的月光裡，也許在婆娑的樹影裡，也許在燦爛的花叢裡，也許在屋裡，也許在屋外，也許在書裡，也許在畫裡……美，到處都是，只要肯去找，就不怕找不到。請以「找『美』」為題，以實例描述自己尋找「美」的經過，並說出自己找到了哪些美。

談藝術 四 把生活變成藝術

原文

㈠人須求可入詩，物須求可入畫❶。

㈡方外❷不必戒酒，但須戒俗；紅裙❸不必通文❹，但須得趣。

㈢秋蟲春鳥，尚能調聲❺弄舌❻，時吐好音。我輩搦管拈毫❼，豈可甘作鴉鳴牛喘？

注釋

❶入畫：進入畫中，形容景物優美宜人。

❷方外：指僧人、道士等在世俗之外修行的人。

❸紅裙：指年輕女子。

❹通文：飽讀詩書，有學問。

❺調聲：猶言唱歌。

❻弄舌：形容鳥嘰嘰喳喳地鳴唱。

(四)春雨宜讀書，夏雨宜弈棋⑧，秋雨宜檢藏⑨，冬雨宜飲酒。

(五)春風如酒，夏風如茗⑩，秋風如煙、如薑芥。

(六)筍為蔬中尤物⑪，荔枝為果中尤物，蟹為水族中尤物，酒為飲食中尤物，月為天文中尤物，西湖為山水中尤物，詞曲為文字中尤物。

⑦搦管拈毫：拿起筆來寫作。搦，音ㄋㄨㄛˋ。拿。管，指筆。拈，音ㄋㄧㄢˊ。用手指夾持。毫，筆毛，代指筆。

⑧弈棋：下棋。

⑨檢藏：整理書籍。

⑩茗：音ㄇㄧㄥˊ。本指茶葉，現泛指喝的茶。

⑪尤物：特別傑出的人物。常指容貌出眾的美女。此指珍奇的物品。

大書法家黃庭堅曾經說過：「士生於世，可以百為，惟不可俗，俗便不可醫也。」提到「俗」字，許多人第一個想到的，就是「錢」。什麼東西一沾上「錢」字，似乎就「俗」了。然而，梵谷的畫並不會因為拍賣價格之高而減損了它的藝術價值。事實上，黃庭堅的書法作品就曾賣出二十幾億新台幣的天價。

談「錢」之所以「俗」，是因為把「價格」等同於「價值」，以為貴的東西就有價值，便宜的東西就沒有價值。東晉時，有位孝子名為祖納，他的父親很早就過世了。為了照顧母親，他每天都親自下廚煮飯。平北將軍王義聽說了祖納的孝行，就派了兩名婢女去幫忙他，並推荐他做了大官。當時的人都笑祖納：「奴價倍婢。」意指他的價值和兩名婢女相同。祖納反駁說：「難道百里奚的價值只等於五張黑羊皮嗎？」

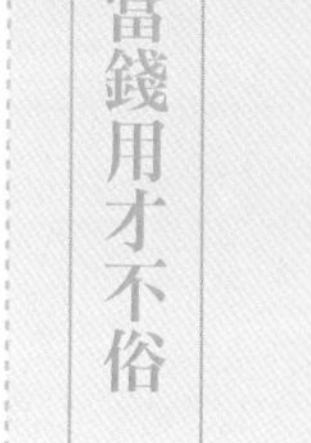

祖納所說的百里奚，是輔佐秦穆公成就霸業的賢臣。他曾經是虞國的大夫，虞國滅亡後，流落到楚國，被當成奴隸在市場上拍賣。秦穆公原本要用重金請他到秦國做事，又怕楚國因此知道百里奚的賢能，進而從中作梗。於是，他派人到楚國的市場，故意壓低價格，用五張黑羊皮的價格買回百里奚。由於黑羊皮就是「羖」，因此大家稱百里奚為「五羖大夫」。

百里奚對秦國所作的貢獻，遠高於五張黑羊皮的價值；祖納的才能，也遠超過兩名婢女。若用價格來衡量兩人的價值，簡直差了幾千幾萬里。

拍賣的價格，其實只是買賣雙方的默契，「錢」則是雙方默契的媒介而已。把錢當錢用，並沒有俗不俗的問題，把錢當命看，才是真正的「俗」。

清代詩人張璨寫過一首詩：「書畫琴棋詩酒花，當年件件不離它。而今七事都更變，柴米油鹽醬醋茶。」藝術家也要生活，離不了俗事，但是人生不能只在「柴米油鹽醬醋茶」等俗事裡打轉，更不能只剩下「吃喝拉撒睡」。少了「書畫琴棋詩酒花」等雅事，就等於只有物質生活而沒有精神生活，生命未免太空洞了。

「雅事」不只是「書畫琴棋詩酒花」，凡是對生活周遭的美有所感受，都可以稱為「雅事」。雕刻家羅丹曾經說：「這世上並不缺少美，只是缺少發現。」只要用心感受，一草一木乃至大自然的萬事萬物，無一不可入詩入畫，它們的價值，又豈是金錢所能衡量的呢？

延伸思考

一．有人說：「錢不是萬能。」有人則反駁說：「沒有錢是萬萬不能。」請分別找出支持兩種說法的例子。

二．每個人喜歡的休閒活動都不相同。你知道哪些完全不用花錢的休閒活動？

三．古人學習作詩，往往從譬喻開始。如果要把你自己譬喻成某一種動物或植物，你會選擇何者？為什麼？可以試著用新詩的形式來表達。

引導作文

打開電視，聽到優美動人的歌曲，那是藝術。走在街上，看到形形色色的屋子，那是藝術的一種。畫廊裡，花店裡，電影院裡，只要有美存在的地方，就有藝術。甚至拿起筆來，試著寫出好看的字，那也是藝術。請以「我所接觸的藝術」為題，並以自身為例，描述生活和藝術的關係。

談藝術 五 創作需要累積才能獲得

原文

㈠積畫以成字，積字以成句，積句以成篇，謂之文。文體日增，至八股而遂止。如古文、如詩、如賦、如詞、如曲、如說部❶、如傳奇小說❷，皆自無而有。

㈡人云：「詩必窮而後工❸。」蓋窮則語多感慨，易於見長耳。若富貴中人，既不可憂貧歎賤，所談者不過風雲月露而已，詩安得佳？苟思所變，計惟有出遊一法，即所見之山川風土物產人情，或當瘡痍兵燹❹之

注釋

❶說部：小說、戲曲等著作。

❷傳奇小說：從唐代開始出現的文言小說。

❸詩必窮而後工：作詩的時候，越是遭遇到困窮的狀況，就能寫出越好的作品。

❹瘡痍兵燹：因戰爭而造成的破敗景象。燹，音ㄒㄧㄢˇ。

餘，或值旱潦災祲⑤之後，無一不可寓之詩中。借他人之窮愁，以供我之詠歎，則詩亦不必待窮而後工也。

(三)蘇東坡和陶詩，尚遺數十首，予嘗欲集東坡句以補之，苦於韻之弗備而止。如〈責子詩〉中「不識六與七，但覓梨與栗。」「七」字、「栗」字皆無其韻也。

(四)予嘗偶得句，亦殊可喜，惜無佳對，遂未成詩。其一為「枯葉帶蟲飛」，其一為「鄉月大於城」，姑存之，以俟⑥異日⑦。

(五)「空山無人，水流花開」二句，極琴心之妙境；「勝固欣然，敗亦可喜」二句，極手談⑧之妙境；「帆隨湘轉，望衡九面」二句，極泛舟之妙境；「胡然而天，胡然而帝」二句，極美人之妙境。

⑤旱潦災祲：指旱災或水災等災禍。潦，音ㄌㄠˇ。水災。祲，音ㄐㄣ。不祥的氣。

⑥俟：等待。

⑦異日：改天、將來某一天。

⑧手談：指下圍棋。

俗語說：「好記性不如爛筆頭。」意思是說，記憶不如紀錄可靠。有人作過整理，藝術家達文西、科學家愛迪生、現代企業家如浩漢產品設計總經理陳文龍、京華鑽石董事長柯朝祥、日本GMO集團創辦人熊谷正壽等，都是靠著隨手筆記，管理自己的知識與想法。

孔子的學生子張向孔子請教說話做事的道理，孔子告訴他，謹守「忠信篤敬」的原則，無論到哪裡都可以行得通。子張怕忘記這個道理，就把老師的話筆記在腰帶上。唐朝詩人李賀在出遊時會準備一個「詩囊」，凡有靈感，就寫下來，投入「詩囊」中，到了夜裡再開始整理成詩作。這些是古人的筆記方式。

筆記除了可以記錄自己的想法，也可以記錄別人的經驗，並且加以運用。曾經有位小說家向友人分享他的創作祕訣：準備一本小筆記，在任何時刻記下旁人的片段對話、長相等，在情節需要時便可以隨時取用。有些漫畫家則會在搭車或等待時，速寫路人的樣貌與裝扮，藉此擴充自己的創作圖庫。

奧斯卡影后梅莉．史翠普從小就喜歡模倣，六歲時她把自己裝扮成聖母瑪利亞，九歲時把自己化妝成外婆，高中時則試著模倣同校的校園美女，後來她把這些經驗放入自己的演出中，成功地揣摩出劇中角色的特性。

文學創作網站中，曾有人問：「沒有實際經驗就無法創作嗎？」有位網友回答他：「總不能為了寫偵探小說就真的去犯案吧？」小說中，不乏「愛」與「死」的題材，光怪陸離的情節更是所在多有，若是都要實際經驗才能創作，恐怕誰也做不到，更甭提科幻小說這類純任想像力的題材了。

香港名導演王家衛為了拍攝《一代宗師》這部電影，花了十年的時間準備，走訪百餘位武術家，並將走訪的經歷記錄在《宗師之路》系列影片中。片中以詠春、八極、八卦、形意等四個拳種為主。一個人要同時專精這四種拳，莫說十年了，再多十年恐怕也不是易事，不過王家衛導演著重在採用他人的經驗，探索他人的心路歷程，再融入個人的想像與經驗。這不僅是拍攝電影的方法，從事其他藝術創作也可以作為參考。

延伸思考

一．你最喜歡的是哪一篇或哪一本文學作品？它是用什麼體裁寫成的？

二．生活中，你是否在無意中聽見過陌生路人所說的一段話？他也許是在和朋友討論自己的遭遇，也許是拿著手機和對方聊天，又也許他是向一位陌生人宣傳自己的產品或想法。請試著利用觀察或想像，猜測出他是在什麼情況下說出那段話。

引導作文

某些學者認為，詩歌是最原始的文學體裁。事實上，詩歌通常簡短好記，容易放在心上。請以「我最喜歡的一首詩」為題，解釋分析你所喜歡的一首詩歌作品，並說明自己喜歡它的原因。

談審美

一 不要虐待自己的耳朵

原文

(一)春聽鳥聲，夏聽蟬聲，秋聽蟲聲，冬聽雪聲；白晝聽棋聲，月下聽簫聲；山中聽松聲，水際聽欸乃聲❶，方不虛生此耳。若惡少斥辱，悍妻詬誶❷，真不若耳聾也。

(二)景有言之極幽，而實蕭索❸者，煙雨也；境有言之極雅，而實難堪者，貧病也；聲有言之極韻，而實粗鄙者，賣花聲也。

注釋

❶欸乃聲：搖櫓聲，一說划船時所唱的歌。欸，音ㄞˇ。

❷詬誶：音ㄍㄡˋㄙㄨㄟˋ。咆哮責罵。

❸蕭索：衰敗的樣子。

❹白門：指南京。

❺羸馬：瘦弱的馬。羸，音ㄌㄟˊ。瘦弱。

❻項下鈴鐸：脖子下方的鈴鐺。項，脖子。鐸，音ㄉㄨㄛˊ。鈴

(三)聞鵝聲如在白門④，聞櫓聲如在三吳，聞灘聲如在浙江，聞羸馬⑤項下鈴鐸⑥聲如在長安道上。

(四)松下聽琴，月下聽簫，澗邊聽瀑布，山中聽梵唄⑦，覺耳中別有不同。

(五)水之為聲有四：有瀑布聲，有流泉聲，有灘聲，有溝澮⑧聲。風之為聲有三：有松濤聲，有秋葉聲，有波浪聲。雨之為聲有二：有梧葉、荷葉上聲，有承檐溜⑨竹筩⑩中聲。

(六)痛可忍，而癢不可忍；苦可忍，而酸不可忍。

鐺。

⑦梵唄：佛教的歌讚聲。唄：音ㄅㄞˋ。讚頌或誦讀佛經的聲音。

⑧溝澮：即溝渠。田間的水道。溝，田間的水道。澮，音ㄏㄨㄟˋ。小水流。

⑨檐溜：順著屋簷流下來的雨滴。檐，通「簷」。溜，音ㄌㄧㄡˋ。從屋頂上流下來的雨水。

⑩筩：音ㄊㄨㄥˇ。通「筒」。一種粗大的竹管。

提到音樂家，幾乎大多數人都會想到貝多芬。若是提到知名的耳聾音樂家，那更是非「樂聖」貝多芬莫屬了。

貝多芬曾說過自己的靈感來自大自然，他說：「靈感就在大自然裡、在樹林中、在散步時、在夜深人靜的時刻、在旭日初昇的時候。這些靈感會在詩人的心裡化成語言與文字，而會在我心裡化為音樂與音符。」事實上，他的許多作品就在是鄉野間寫成的，他曾表示，林間的鳥兒就是他創作時的夥伴。

從大自然中汲取靈感的音樂家並不只有貝多芬而已。春秋時有一位音樂家也是以大自然為師，他的名字是俞伯牙。俞伯牙曾經向琴師成連學習彈琴，學了許多年，卻始終無法突破瓶頸，於是成連帶著俞伯牙到東海上去找他的老師「方子春」。

師徒倆到達東海上的蓬萊島上後，成連就先離開了，留下俞伯牙一人在島上。俞伯牙等了好久，始終見不到「方子春」，而他的老師成連也杳無蹤影。俞伯牙就這樣每日裡聽著風聲、鳥聲、海浪聲，心中若有所悟。原來，成連口中的老師「方子春」，指的就是大自然。從此之後，俞伯牙的琴藝大進，終於成為一代音樂宗師。

世上的聲音並不全是美妙的，還有令人厭惡的「噪音」。名作家余光中曾說：「噪音，是聽覺的汙染，是耳朵吃進去的毒藥。」他以叔本華為例，說明「其實不獨作家如此，一切需要思索，甚至僅僅需要休息或放鬆的人，皆應享有寧靜的權利。」西方哲學家叔本華曾經因為受不了一位女裁縫的吵鬧而把她推下樓，致使對方肢體殘障，而須終身支付賠償金給她。

叔本華的暴力行為並不可取，但是飽遭噪音之苦的人應該能夠同情他的處境。閩南語有句諺語：「千金買厝，萬金買厝邊。」意思是說，好的鄰居比好的住宅更重好。現代社會中，住在公寓的人有很多，因為樓上樓下噪音而發生的爭端也不好，身受噪音之苦的人，一定很能體會好鄰居的重要性。

社會上曾發生過多起因為音響過大，在樓上奔跑、甚至是狗吠澆花等噪音擾鄰而鬧上法院的事件，被判重賠的例子也有不少。法律畢竟是社會秩序的最後一道防線，如果人人都能將心比心，不製造噪音，社會不是更加祥和嗎？

延伸思考

一．你是否有被噪音騷擾的經驗？請想想看哪些聲音對你而言是音樂，哪些聲音對你而言是噪音？

二．你有在大家面前唱歌的經驗嗎？有些人雖然歌聲不好，但是唱得很有自信；有些人因為自己歌喉不好，所以懂得藏拙；有些人有很美妙的嗓音，但不敢表現；有些人因為唱歌很好聽，因此勇於表現自我。你是哪一種人？請進一步思考，你的做法有什麼好處，有什麼缺點？

引導作文

作家陳黎曾經寫過一篇文章〈聲音鐘〉，文中敘述自己在不同時間裡聽到的叫賣聲。一天裡可以聽到的聲音有很多種，有些聲音讓人記憶深刻，有些聲音則是聽而不聞。請任擇一段時間，以「我所聽到的聲音」為題，舉出幾種具有代表性的聲音，說明那些聲音給自己的感受。

談審美（二）哪裡美？哪裡都很美！

原文

(一)鏡中之影，著色人物❶也；月下之影，寫意❷人物也；鏡中之影，鉤邊❸畫也；月下之影，沒骨❹畫也。月中山河之影，天文中地理也；水中星月之象，地理中天文也。

(二)善讀書者，無之而非書：山水亦書也，棋酒亦書也，花月亦書也；善遊山水者，無之而非山水：書史亦山水也，詩酒亦山水也，花月亦山水也。

注釋

❶著色人物：一種塗上顏色的人物畫。

❷寫意：畫法的一種，用簡單的線條勾勒出物體的神態。

❸鉤邊：用線條描繪輪廓。

❹沒骨：畫法的一種，不用線條描邊，直接上色。

❺會：了解領會。

❻難通之解：不易解決的問題。

(三)能讀無字之書，方可得驚人妙句；能會❺難通之解❻，方可參最上禪機❼。

(四)有地上之山水，有畫上之山水，有夢中之山水，有胸中之山水。地上者妙在邱壑深邃，畫上者妙在筆墨淋漓，夢中者妙在景象變幻，胸中者妙在位置自如❽。

(五)山之光，水之聲，月之色，花之香，文人之韻致，美人之姿態，皆無可名狀❾，無可執著。真足以攝召魂夢❿，顛倒情思⓫。

❼最上禪機：是說最上等的禪學義理。

❽自如：不受拘束。

❾無可名狀：指事物很微妙，難以用語言描述。

❿攝召魂夢：牽動心思情意。攝召，牽引、牽動。

⓫顛倒情思：心神恍惚，意亂情迷。

古代的伯牙向成連學琴，成連帶伯牙到一處海上的孤島感受大自然的聲音，伯牙因而琴藝大進。陶淵明辭官歸田，親自耕作，日日與大自然為伍，往往在不經意地抬頭望山中，作成了一首首的好詩。唐朝的大書法家孫過庭看著書法作品的點劃線條，想到大自然的雲泉山石、雷電星月，忍不住慨嘆：「同自然之妙有，非力運之能成。」意思是說最好的書法作品符合自然，不是勉強得來的。法國南部普羅旺斯的陽光與美景，激發了大畫家梵谷的創作靈感，他的名作《星空》，就是在那裡完成的。

藝術以自然為本，無論是音樂、詩歌、書法、繪畫等，都是如此。希臘哲學家亞里斯多德說：「藝術就是對自然的模仿。」德國哲學家康德則說：「藝術以模仿自然，得到它的精神為最高境界，所以藝術品也可以是自然的產物。」不論古今中外，不論其思想主張為何，只要一提到藝術，都與自然有著密不可分的關係。

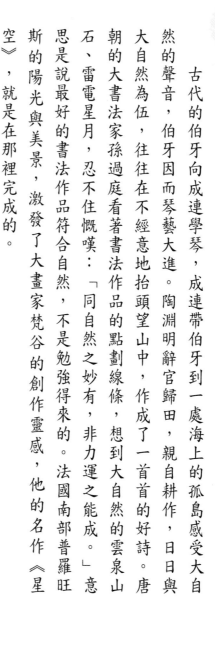

藝術不只是模仿，也是創造，更是發現。古時曾有一位畫師，受託替一位跛足的人畫像。他想，既要畫得像，又不能畫出對方的缺點，於是提筆畫出那位跛足人登樓望月的景象。其他人聽說這位畫師擅於粉飾的功力，不少人上門求畫。他讓一位有兔唇的人手拈鮮花，置於鼻端，擺出欣賞花香的樣子；又讓一位駝背的人伏在水缸邊，作出水中撈月的樣子。總之，無論什麼樣的人向他求畫，他總能發現對方的優點。

有些藝術家認為，所謂的藝術，並不是呈現事物本來的樣貌，而是呈現它應該有的樣貌，例如文藝復興時期的雕塑家，就是藉著雕像來表現他們心中最完美的身體比例。

藝術不是只有「美」，還有「真」。有些藝術家在作品中揭露出醜惡的現實，這類藝術走的就不是「美」這條路，而是「真」這條路。不管哪條路，它的最終目的，都應該是「善」，也就是要能夠引導社會走向更美好的境界。改編自文學獎得獎作品的電影《父後七日》，以誇張混亂的場面，深刻地呈現出生離死別與思念親人的主題。至於那些以殘酷的戰爭場面，突顯出反戰思維的電影，也就更是不計其數了。

延伸思考

一．在藝術的領域中，你最喜歡的是哪一項？為什麼？

二．有位畫家在寫生時，畫上了一棵樹。旁人告訴他：「那裡沒有樹啊！」畫家說：「不過我覺得那裡應該要有一棵樹。」你認同那位畫家的做法嗎？為什麼？

引導作文

雕刻家羅丹說：「這世界並不缺少美，只是缺少發現。」在你的生活中，曾經發現過哪些不易被察覺的美？請以「發現『美』的那一刻」為題，舉例描述你所見過的美麗景象及感受。

談審美（三）朦朧一點會更美

原文

(一) 孩提之童❶，一無所知。目不能辨美惡，耳不能判清濁，鼻不能別香臭，至若味之甘苦，則不第❷知之，且能取之棄之。告子❸以甘食悅色❹為性，殆❺指此類耳。

(二) 月下聽禪，旨趣益遠；月下說劍，肝膽益真；月下論詩，風致益幽；月下對美人，情意益篤❻。

(三) 玩月之法，皎潔則宜仰觀，朦朧則宜俯視。

注釋

❶ 孩提之童：指年紀幼小的孩童。

❷ 不第：不但。

❸ 告子：戰國時哲學家，認為人性無善惡之別，主張「食色性也」。

❹ 甘食悅色：喜歡美食，愛好美色。

❺ 殆：大概。

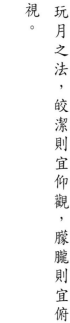

(四)梅邊之石宜古，松下之石宜拙，竹傍之石宜瘦，盆內之石宜巧。

(五)人則女美於男，禽則雄華於雌，獸則牝⑦牡⑧無分者也。

(六)貌有醜而可觀者，有雖不醜而不足觀者；文有不通而可愛者，有雖通而極可厭者。此未易與淺人⑨道。

(七)雲之為物，或崔巍⑩如山，或瀲灩⑪如水，或如人，或如獸，或如鳥毳⑫，或如魚鱗。故天下萬物皆可畫，惟雲不能畫。世所畫雲，亦強名耳。

(八)鏡不能自照，衡⑬不能自權⑭，劍不能自擊。

(九)目不能自見，鼻不能自嗅，舌不能自舐，手不能自握，惟耳能自聞其聲。

(十)媸顏陋質⑮，不與鏡為仇者，亦以鏡為無知之死物耳。使鏡而有知，必遭撲破矣。

⑥篤：深厚。

⑦牝：音ㄆㄧㄣˋ。雌性的動物。

⑧牡：雄性的動物。

⑨淺人：見識淺薄的人。

⑩崔巍：高聳的樣子。

⑪瀲灩：音ㄌㄧㄢˋ ㄧㄢˋ。水波映照的樣子。

⑫鳥毳：鳥獸的細毛。毳，音ㄘㄨㄟˋ。細毛。

⑬衡：秤。

⑭權：測量輕重。

⑮媸顏陋質：指外表醜陋。媸，音ㄔ。醜。

導讀 保留一些距離給「美」

在電腦修圖還不是很發達的年代，人們流行拍攝那些看起來有點朦朧的藝術照。在「柔焦」的攝影特殊效果下，主角彷彿沐浴在月光下，唯美而浪漫。

月光下的浪漫和朦朧的美感，其實是一體的兩面。凡人都有缺陷，我們幾乎找不到一個身上完全沒有斑點或疤痕的人，絕對無瑕的肌膚只存在於神話或想像中，但是「朦朧」卻可以消缺陷於無形。

發達的修圖技術可以把胖子修成瘦子，把侏儒修成巨人，有人看了修圖過度的相片會說：「那根本就是詐騙！」朦朧的藝術照不完全相同，它只是帶我們去感受到對方整體的美。先遠觀再細看，這是觀賞藝術品的方式，同樣也可以運用在人生上。

有些人的缺陷多到讓人不得不注意，有些人的缺陷是不甚明顯，不可一概而論，不過，就是會有人專門盯著別人的缺陷看，再無限擴大對方的缺陷，這就很不應該了。要知道，只要走得夠近，就看到得缺陷——除了自己的缺陷以外。

蘇東坡有首〈題西林壁〉：「橫看成嶺側成峰，遠近高低各不同。不識廬山真面目，只緣身在此山中。」這首詩前兩句可以解釋為「美有各種不同的樣貌，只是看的角度不同」，後兩句則可以解釋為「置身其中反而會看不到真正的美」。

就某種角度來說，「情人眼裡出西施」也是另一種形式的「不識廬山真面目」。因為喜歡對方，就只看到對方的優點，無視對方的缺陷，甚至把對方的缺陷當作優點。如果一直都是如此，倒也無妨，問題是，激情過去才發現難以忍受對方的缺陷，豈不又造成一對怨偶？

歌手張宇有一首歌〈月亮惹的禍〉：「我承認都是月亮惹的禍，那樣的月色太美，你太溫柔，才會在剎那之間只想和你一起到白頭。」作詞者十一郎寫出了許多人心中的害怕——山盟海誓會不會只是一時的激情？

西方有位畫家，名為秀拉，他採用「點描法」這種特殊的繪畫技巧，用無數的色點組成畫作。觀賞他的畫作時，必須保持一定的距離，才能看得出來他在畫什麼。人與人之間的相處也是如此，必須保持一定的距離，才能真正欣賞對方。友情也好，愛情也好，留些空間給對方吧！太近，看到的往往不美。

延伸思考

一．有些戀人在交往時，隨時都想知道對方在哪裡，隨時都要知道對方在做什麼。你認為這種做法叫做關心嗎？有沒有更好的做法？

二．你知道自己有哪些缺點嗎？如果別人有這些缺點，你能夠接受嗎？如果可以，理由是什麼？如果不可以，理由又是什麼？

引導作文

在擁擠的車上，一位年輕人大剌剌地坐在博愛座上，一位白髮蒼蒼的老人就站在他的面前。老人身後的一位乘客生氣地指責年輕人，但年輕人默不吭聲。那位乘客被人潮往內擠了兩步，他才看到年輕人裝了義肢的下半身。如果你是那位乘客，你會有什麼想法或做法？請以「後退一步再看看」為題，論述該如何面對自己感覺不滿的事物。

談審美（四）

投入大自然的懷抱，或是把大自然搬到身邊

原文

(一)藝[1]花可以邀[2]蝶，纍[3]石可以邀雲，栽松可以邀風，貯水可以邀萍，築臺可以邀月，種蕉可以邀雨，植柳可以邀蟬。

(二)忙人園亭，宜與住宅相連；閒人園亭，不妨與住宅相遠。

(三)有山林隱逸之樂，而不知享者，漁樵也、農圃也、緇黃[4]也；有園亭姬妾之樂，而不能享、不善享者，富商也、大僚[5]也。

注釋

1. 藝：種植。
2. 邀：吸引、招致。
3. 纍：堆疊。
4. 緇黃：和尚和道士。
5. 大僚：大官。
6. 邱壑布置：安排假山流水的位置。邱，同「丘」。
7. 雕繪瑣屑：在細小的物件上雕刻繪畫。

(四) 園亭之妙在邱壑布置⑥，不在雕繪瑣屑⑦。往往見人家園亭，屋脊牆頭，雕甎⑧鏤瓦。非不窮極工巧，然未久即壞，壞後復極難修葺⑨。是何如樸素之為佳乎？

(五) 遊玩山水亦復有緣，苟時機未至，則雖近在數十里之內，亦無暇到也。

(六) 以松花為量⑩，以松實為香⑪，以松枝為麈尾⑫，以松陰⑬為步障⑭，以松濤為鼓吹⑮。山居得喬松百餘章⑯，真乃受用不盡。

(七) 居城市中，當以畫幅為山水，以盆景當苑囿⑰，以書籍當朋友。

(八) 一日之計種蕉，一歲之計種竹，十年之計種柳，百年之計種松。

⑧ 甎：同「磚」。
⑨ 修葺：修復。葺，音ㄑㄧˋ。
⑩ 量：食物，通「糧」。
⑪ 香：香料。
⑫ 麈尾：拂塵。
⑬ 陰：樹蔭，通「蔭」。
⑭ 步障：即屏風。
⑮ 鼓吹：即樂曲。
⑯ 章：計算樹木的單位詞。
⑰ 苑囿：花園。

導讀

從關心週遭的植物開始，逐漸走向自然

陶淵明寫過一篇文章〈五柳先生傳〉，用以抒發自己的志趣。首段用一句「宅邊有五柳樹」來表明名號的出處。這句話恰可表現出作者對大自然的關心。因為關心，才會特地去數自家旁邊的樹有幾棵。

在自宅旁邊種樹不是陶淵明的專利。近代臺灣文學作家鍾理和就曾經在屋子附近種了幾棵木瓜樹，這件事記錄在〈我的書齋〉這篇文章裡。鍾理和的〈我的書齋〉不但提到了種樹，更提到了他把大自然布置成書房的過程及心情。鍾理和窮到沒錢買新桌子，更甭提蓋書房了，但是他一樣可以悠閒地在大自然裡讀書。

鍾理和窮，陶淵明也窮，但是窮人也可以有快樂的時候。世人一提到「窮」字，就想到「苦」字。人一窮，就得過苦日子。話是沒錯，可沒人規定苦日子就得苦著臉過，沒人規定窮就不能自己找樂子，窮也可以窮得很開心。

在一般人的眼中，有錢人開心沒什麼大不了的，窮人開心就很稀奇了，也因此，出現了「安貧樂道」這個好詞面。貧窮這件事本身並不雅，但是窮還要開心，通常非得懂一些雅事不可。拿筆寫寫字，開心；張口唱唱歌，開心；出門看看樹，也開心。

作家陳冠學原本在學校裡任教，後來辭去教職，回到鄉下種田。他在著作《田園之秋》裡以半自傳的方式寫下自己躬耕的心情。從書中可以看出，耕作的生活雖然辛苦，物資雖然欠缺，但是他的心靈是富足的，因為他可以隨時與花鳥為伍。他很輕易地就能夠喊出這些花鳥的名字，一如相識已久的老友。他認為，現代人往往為了賺錢，失去了健康，失去了快樂，這是極其不智的。

有錢人把大自然的山水搬進庭院，用假山假水造出了園林；沒有錢的人大可以直接走進大自然的山水，欣賞真正的山水。就是為了生計奔波，忙到沒空出遊，抽空種個幾棵樹，甚至養個幾盆花也還是可以的，這麼一來，比起那些有時間數鈔票，沒時間過日子的人，到底還是開心一些。

延伸思考

一．你住在城市或鄉村？附近有哪些綠地？那裡有哪些植物？

二．為了發展經濟，許多人毀掉了近處的自然環境；為了安頓心靈，許多人走向了遠方的自然風景。你認為人們應該用什麼態度去面對大自然？

引導作文

從前的人在通勤時，為了打發時間，往往會抬頭望向窗外，看看風景。隨著科技的發達，現代的人在搭車時，通常則是低頭操作手上的科技產品，社會上稱之為「低頭族」。有些人除了搭車時會「低頭」，走路時「低頭」，坐著時也會「低頭」。久而久之，與社會乃至自然世界的隔離就越深。以「抬頭看看風景」為題，用自身經驗來論述接近自然的感受與意義。

談審美

五 愛就要愛到骨子裡

原文

(一)以愛花之心愛美人，則領略自饒別趣❶；以愛美人之心愛花，則護惜倍有深情。

(二)美人之勝於花者，解語❷也；花之勝於美人者，生香也。二者不可得兼，舍❸生香而解語者也。

(三)多情者必好色，而好色者未必盡屬多情；紅顏者必薄命，而薄命者未必盡屬紅顏；

注釋

❶別趣：特殊的韻味。

❷解語：善解人意。

❸舍：捨棄，通「捨」。

能詩者必好酒，而好酒者未必盡屬能詩。

(四)所謂美人者，以花為貌，以鳥為聲，以月為神④，以柳為態，以玉為骨，以冰雪為膚，以秋水為姿，以詩詞為心，吾無間⑤然矣。

(五)買得一本⑥好花，猶且愛護而憐惜之，矧⑦其為解語花⑧乎！

(六)看曉粧⑨宜於傅⑩粉之後。

(七)情之一字，所以維持世界；才之一字，所以粉飾⑪乾坤⑫。

④神：精神。

⑤間：指可供批評的缺點，音ㄐㄧㄢˋ。

⑥一本：單位詞，指一株。

⑦矧：音ㄕㄣˇ。何況。

⑧解語花：指善解人意的美女。

⑨曉粧：即早晨的妝。也作曉妝。

⑩傅：音ㄈㄨˋ。通「敷」，搽上。

⑪粉飾：指掩蓋事實或汙點。

⑫乾坤：指天地。

唐朝大詩人李白曾奉唐玄宗的聖旨，為楊貴妃寫了三首〈清平調〉。詩中將楊貴妃比擬為牡丹花。詩中有一句：「名花傾國兩相歡，常得君王帶笑看。」旨在表達唐玄宗對楊貴妃的喜愛。「傾國」一詞出自漢朝李延年所作的歌曲：「北方有佳人，絕世而獨立。一顧傾人城，再顧傾人國。」形容他的妹妹美到讓一城一國的人都為之傾倒，後來人們就用「傾國」這個詞形容女子的美貌。

「傾國」還有另一個意思：亡國。李白在作〈清平調〉時，或許並沒有諷刺楊貴妃的意思，但後人大多以為楊貴妃差點使得唐朝滅亡，而把唐玄宗視作「不愛江山只愛美人」的多情君主。且不論唐玄宗是否多情，但是他絕非「不愛江山只愛美人」，否則他就不會答應賜死楊貴妃。

唐玄宗愛不愛楊貴妃？答案是肯定的，不然「後宮佳麗三千人」，怎麼會「三千寵愛在一身」？他愛她，就像愛一株名貴的牡丹花。他把她從兒子壽王的宮裡摘了回來，供在自己的寢宮裡。

種花的人都知道，非必要的移植，對花是一種傷害。真正愛花的人會讓花長在最適合它生長的地方，而不是硬把它摘回家。人不是花，不會一摘回家就枯萎，但是，被逼著改變環境絕不是愉快的經驗。

從前是某人的妻子，後來變成他的母親，這就是楊貴妃的處境。唐朝的風氣雖然開放，畢竟仍有倫理道德存在，人們如何評論楊貴妃，史冊並未清楚載明，但是肯定不會有什麼好聽話。處境難堪的楊貴妃比誰都怕被拋棄，她幾次被趕出宮外，都只能低聲下氣，以求得到唐玄宗的重新接納。失去了唐玄宗的保護，她絕對無處容身。

在安史之亂中，陪著唐玄宗一起逃難的楊貴妃到底還是被賜死了，雖然唐玄宗的聖旨是受脅迫而頒布的。不過，那也不過是提早決定她的悲劇下場而已。當她因年老而被拋棄時，境遇不見得會更好，而且，到那時，唐玄宗恐怕連想都不會想起她。

身處唐代的楊貴妃，無法選擇自己的命運。時間若是換成現代，若說她因為唐玄宗有錢有勢而甘心被所包養，可能性也不是沒有。現今社會上，偶爾會出現那種表明自己就是愛錢，沒車沒房沒資格追她的女性，坦白說，將經濟狀況視為擇偶條件並沒有什麼錯，但是，若將經濟狀況視為唯一的擇偶條件，恐怕就與賣身沒多大差別了，既是賣身，又豈能得到多少尊重呢？

古人常把美女比喻成鮮花。鮮花只要被妥善照顧就好了，但是美女到底不是鮮花，如何堅守身而為人的價值，不把自己活成一盆鮮花，這恐怕是必須審慎思考的問題。

延伸思考

一・社會上發生過多起因分手而傷害對方的案件。你認為原因可能有哪些？應該如何避免？

二・有人說心智成熟才有談情說愛的資格。你認為怎麼樣才是心智成熟的表現？

引導作文

開車要考駕駛執照，藉此證明已有開車上路的能力及資格；開店也要申請營業執照，方便政府進行監督與管理。愛情沒有執照，但不是每個人都知道該如何愛人，請以「做個懂愛的人」為題，說明面對愛情應該抱持何種正確的態度。

悅讀論語十分鐘

◈ 林淑芬 主編

本書獲選爲大安高工高一新生指定讀物

最受青少年喜愛的青春經典

本書引導你換個角度讀論語，

除了直走，還能向左轉向右轉！

作　者	林淑芬　吳慧貞　林欣育 林盈盈　陳怡嘉　楊蕙瑜
書　號	1AM0
頁　數	240頁
裝　幀	20開本／平裝／雙色精美印刷
版　次	一版二刷
定　價	280元

國家圖書館出版品預行編目資料

悅讀幽夢影十分鐘 / 曾家麒著. - - 一版. - - 臺北市：
五南，民 102.06
　面；公分
ISBN 978-957-11-7116-6（平裝）
1.格言
855　　102008285

悅讀幽夢影十分鐘

作　　者　曾家麒
總 編 輯　王翠華
執行主編　黃文瓊
封面設計　吳佳臻

出 版 者　五南圖書出版股份有限公司
發 行 人　楊榮川
地　　址：台北市大安區 106
　　　　　和平東路二段三三九號四樓
電　　話：〇二－二七〇五五〇六六（代表號）
傳　　真：〇二－二七〇六六一〇〇
郵政劃撥：〇一〇六八九五－三
網　　址：http://www.wunan.com.tw
電子信箱：wunan@wunan.com.tw

顧　　問　林勝安律師事務所　林勝安律師

版　　刷　中華民國一〇二年六月一版一刷

訂　　價　二八〇元